暴君ドクターのわんこ愛妻計画

棒名 悠

幻冬舎ルチル文庫

CONTENTS ✦目次✦

暴君ドクターのわんこ愛妻計画

✦カバーデザイン＝久保宏夏（omochi design）
✦ブックデザイン＝まるか工房

イラスト・緒田涼歌✦

暴君ドクターのわんこ愛妻計画

＊＊＊

子どもは無力だ。

何を思っても何を叫んでも、結局は大人の言うとおりにするしかなくて、逆らったところでどうにもならない。

子どもの運命を握っているのは、いつだって大人である。

どんなに反対しても子どもの意見は聞き入れられず、結局は大人がすべて決めてしまう。

――家族って、何なんだろう……。

両親は夏休み中の一人息子を祖父母に預けて、離婚にむけた話し合いの真っ最中に違いなかった。子どもの前でも平気で互いを罵《ののし》り合える人たちだ。きっと今頃は家の中がメチャクチャになっているだろう。パームを一緒に連れてきてよかったと思う。あの家にいたらほったらかしにされている。こいつも大事な家族なのに。

「あーあ、いっそ生まれてこなきゃよかった」

その方が、両親も幸せだったんじゃないだろうか。喧嘩《けんか》の原因にされるくらいなら、最初から生んでほしくなかった。

眠って目を覚ましたら、そこが異世界だったら面白い。パームと愉快な仲間たちと一緒に冒険に出かけられたらきっと楽しいのに——……。

バウッ、ワンワンッ！

犬の鳴き声でハッと目が覚めた。

途端にわんわんとうるさいほどの蟬時雨《せみしぐれ》が降りそそぐ。神社の境内《けいだい》にある大きな平べったい石の上。木陰で涼しいその場所で、いつの間にか眠ってしまったらしい。

「——うわっ、ヤバ」

飛び起きると、傍《そば》で寝そべっていたはずのパームが立ち上がって吼《ほ》えていた。

「パーム？　どうしたんだよ、そんなに吼えて」

声をかけて背中を撫《な》でてやると、パームが振り返った。丸い目がこちらを見て、困ったように『くうん』と鳴いてみせる。申し訳なさそうな様子で、くいっと尖《とが》った鼻先をそちらへ向けた。

喧《やかま》しい蟬に負けないくらい甲高《かんだか》い泣き声が聞こえてくる。

「……え？　誰だ、こいつ」

地面にこてんと尻餅《しりもち》をついて大泣きをしているちっちゃい人影。濡れた股間の下にまあるい水溜《みずたま》りが出来ていた。

「うえーん、わんわんがおこったー、さっ、さわろうとしただけなのに……えぐっ、ご、ごめんなしゃいー」

——それが、その泣き虫園児との出会いだった。

粗相をした子どもの後始末をしてやったことと、実は仲良しだと発覚した祖母同士が孫を孫に押し付けたせいで、気づくといつもチビが傍にいた。

「おにいちゃん、きょうはわんわんのおさんぽいかないの？」

チビがひよこのようにトテトテと後ろにくっついて歩き回る。おにいちゃん、あそんで。おにいちゃん、おしっこ。おにいちゃん、アイスがたべたい。ぼく、おにいちゃんといっしょじゃなきゃヤダもん。まってよー、おいていかないでよ、おにいちゃん！　最初は鬱陶《うっとう》しい園児の子守を押し付けられて正直面倒に思っていたが、次第に子分ができたみたいで楽しくなった。

退屈でつまらない夏休みに変化を与えてくれたのは、間違いなくコイツだろう。

そして、お先真っ暗になった人生に明るい道筋を作ってくれたのも、コイツだった。

夏休みもそろそろ終わる頃、居間の畳の上に寝転がってぼんやりと天井を眺めていた時だった。

庭からパームの鳴き声が聞こえた。しばらく動く気になれなくて放っておいたが、あまりに鳴くので仕方なく庭に出た。

「こら、パーム。鳴きすぎだぞ。近所迷惑になるだろ」

ワンッと振り返ったパームが、『遅い！』とばかりに睨《にら》みつけてきた。どうしたんだよと訊《き》き返すまでもなく、理由はすぐに判明した。

「パーム⁉」思わず叫んだ。「お前どうしたんだよ、その顔！」

白い長毛がガタガタに切りつけられて、ブサイクなライオンヘッドに変貌していた。

誰がこんな酷《ひど》いことを――カッと怒った次の瞬間、しくしくと聞き覚えのある泣き声に気がついた。

パームの先、白い毛にまみれて泣いていたのは、案の定チビスケだった。涙でぐしゃぐしゃになった顔にパームの毛がはりついて、長い髭《ひげ》を蓄えた仙人みたいになっている。

「……お前、何やってんの？　つーか、パームの毛を刈ったのってお前かよ」

足元に落ちているのは子ども用の黄色いハサミだ。チビスケはビエーッと鼻水を垂らしながら、「わんわんが、すっごくあつそうだったから、えぐっ、さ、さんぱつしてあげようとおもったの」と言った。おろおろとしたパームが、チビスケをかばうようにして立ち、『悪気はなかったんだよ。許してあげて』と尻尾《しっぽ》を振って訴えてくる。そんな頭にされたくせに、健気《けなげ》で泣けてくる。

拍子抜けして思わず笑ってしまった。

「わかったから、もう泣きやめって」仕方ないなと思いながら、しゃがんでチビスケの汚い泣き顔を覗《のぞ》き込む。ブサイク具合はパームといい勝負だ。内心で笑いを堪《こら》えつつ、ポケットから飴玉《あめだま》を取り出して小さな手に握らせる。兄貴風を吹かせて言った。「ほら、これをやるからもう泣くなよ。あのな、チビがハサミなんか持ち出したりしたら危ないだろ。お前もパームも怪我《けが》したらどうするんだよ。散髪はもっと大きくなってからじゃないとやっちゃダメだ。見てみろよ、パームがすげえマヌケ面《づら》になっちゃっただろ」

涙と鼻水まみれのチビが、ヒックヒックと喉《のど》を引き攣《つ》らせてパームを見つめる。途端にまたドッと涙が溢《あふ》れてきて、ビービー泣き続ける子どもを宥《なだ》めるのに苦労した。

「お、おにいちゃん」

「ん？　何だよ」

「ひっく、ぼ、ぼくね、おおきくなったら、どうぶつのさんぱつやさんになる」

随分と唐突な話に、「は？」と首を傾《かし》げた。

ズズッと洟《はな》を啜《すす》って、チビが宣言する。

「どうぶつのさんぱつやさんになって、こんどはわんわんをじょうずにさんぱつするから。ごめんね、わんわん。これからいっぱいべんきょうして、たくさんれんしゅうして、ぜったいにすごいさんぱつやさんになるよ！　ぼく、がんばるからね、おにいちゃん」

「…………」

だらだらと鼻水を垂らしているくせに、その時だけは急にお兄さんらしい表情をしてみせるから、こっちがハッとさせられた。

――ぼく、がんばるからね、おにいちゃん。

トンッと、背中を押された気がした。ついさっきまで世の中の不幸をすべて背負ったような気分でいたのに、どん底まで落ち込んでいたはずの心がふっと浮上する。あれ——ふいに笑いが込み上げてきた。案外、大丈夫なのかも。

「よし！」

手を伸ばし、汗で湿った小さな頭をくしゃくしゃと撫でてやった。

「頑張ろうな。俺も頑張るから、お前も頑張れよ」

「うん！」

ぱあっとチビスケが笑う。ようやくいつもの調子が戻って、ニッと小さな乳歯を見せた。

その笑顔が何かかけがえのない眩《まぶ》しいもののように映って、初めて愛《いと》おしいという感情を覚えた。

子どもは無力なんかじゃない。こんなにも小さな存在に救われることだってあるのだ。

大丈夫だ。こいつが頑張るんだから、俺だって頑張れる——。

母親から離婚が成立したと報告の電話がかかってきた、直後の出来事である。

1

ひょっとしたら俺、厄病神《やくびょうがみ》に取り憑《つ》かれてるのかもしれない――。

小早川景《こばやかわけい》は昨日までそんなふうに考えていた。

二年前、専門学校を卒業と同時に、新米トリマーとしてペットサロンで働き始めてから十ヶ月。経営難による店舗閉鎖のため、景は一年も経《た》たずして職を失った。

しかし、運良く当時の店長のツテで店を紹介してもらって、めでたく別のペットサロンに再就職。客足も安定していて今度は大丈夫だと安心したのも束の間、それから一年と三ヶ月後、再び事件が起こる。突然店長からスタッフ全員に集合がかかり、閉店の報告を受けたのだ。順調に思えたのに、経営は火の車だったらしい。

そして再び無職になった。

たった二年のうちに、景が就職した店が相次いで倒産したのだ。まさか本当に厄病神が憑いていて、自分が行くところに不幸を撒《ま》き散らしているとしたら、大問題だ。

「――…なーんて、そんなわけないよな。ただの偶然、偶然」

景は薄暗い往来を急ぎながら呑気《のんき》に独りごちた。

五月の大型連休も終わって、世間はすでに日常生活を取り戻している。求職中の景は、この連休の間に間借りしていた下宿先を出て、実家に戻ったところである。

景の両親は父親の仕事の都合で今年から海外に赴任したばかりだ。実家はそのままにしてあり、時々景が様子を見に戻ることになっていた。

仕事が忙しい時は正直なところ、月に一度の帰省も面倒だなと思っていたけれど、今となっては家を貸しに出さずにいてくれて感謝している。無職の身としては、毎月の家賃を支払うのも苦しいからだ。

加えて、高校時代の友人からさっそく求人情報を入手した。

動物病院でトリマーを募集しているという。この町に以前働いていたペットサロンのような施設はなく、ここで仕事を見つけるつもりならそっちの路線も考えていたところだった。こんなに早く求人募集が見つかって、実は厄病神どころか案外強運の神様が憑いているのかもしれない。

――はい、くにおか動物病院です。え？　トリマーさん？　ああ、昨日も電話をくれた小早川さん。ちょっと待ってね。先生、トリマーの面接ですけど……うわっ、暴れるなって。はいはいっ、すぐ戻ります！　もしもし？　明日の診療時間後に面接をするそうなんで、午後七時半以降に来られます？　あ、大丈夫。それじゃ、待ってま……ブツッ、ツーツーツー。

最後にニャウーンと猫の鳴き声が聞こえたので、おそらく肉球の強制終了がかかったに違いない。どうやらタイミングが悪かったようだ。電話中も後ろでは様々な動物の鳴き声が聞こえていたし、忙しい時間帯だったのだろう。手間をかけさせて申し訳なかったが、一応面接の約束は取り付けた。

「採用してもらえるといいんだけどな。くにおか動物病院って、確かおじいちゃん先生が院長だったはず。今も元気に続けてるんだな」

この町に昔からある小さな個人病院。景が高校生の頃に亡くなった祖母と院長の奥さんは俳句仲間で、週に一度は公民館の俳句教室で顔を合わせていたらしい。白髭の院長もこの辺《あた》りでは名物先生として知られていて、景も小学生の頃は毎朝病院の前を通ると、「いってらっしゃい」と犬猫を抱えたおじいちゃん先生に声をかけてもらっていた。もう十年以上も前の話だ。

懐かしく思いながら、記憶を辿《たど》って病院へと足を速める。

はたして以前と同じ場所にくにおか動物病院はあった。

建物自体は古いが看板はまだ新しい。ごく最近に取り替えたようだ。病院の窓から明かりが漏れている。

携帯電話で時刻を確認する。七時二十分。

診療時間は午後七時までとなっていた。指定された時間は七時半なので十分前行動だ。

入り口のドアには《本日の診察は終了しました》と、肉球マークがついたかわいらしいプレートが掛かっていた。

ガラスに映り込んだ自分の姿を眺めながら、パパッと手櫛《てぐし》で髪を整える。クセのある猫っ毛は何もしなくても少しウエーブがかかっている。服装は普段着で構わないと言われたので、無難に無地のシャツとパンツにした。念のため、鞄にはエプロンが入れてある。

深呼吸しながら襟を正す。

百七十センチの細身の体形に、いまだ高校生に間違われるベビーフェイス。目が大きくパチッとしているせいか、前の職場ではお客さんによく小動物に譬《たと》えられた。犬、猫、兎《うさぎ》に、ハムスターなどなど。だがそのおかげで、お客さんからは気軽に声をかけてもらえたし、動物たちにも懐《なつ》かれやすい顔らしく仕事上はかなり重宝していた。

「ここからでいいんだよな？」

身だしなみをチェックするフリをしながら、建物の中を覗き込む。見える範囲に人の姿はない。

スタッフ専用口から入れという指示は受けていないし――景は少し躊躇《ためら》った後、両開きのガラスドアの取っ手を引いた。

中は思ったよりも広かった。淡いグリーンとクリーム色の待合室は外観ほど年季が入っているようには見えない。

リフォームでもしたのかなと思いつつ、キョロキョロと辺りを見回す。

入ってすぐの受付には誰もいなかった。診療時間外の待合室もガランとしている。奥から人の話し声が聞こえてきた。スタッフは診察室にいるようだ。

「こんにちは」

声を掛けてみたが返事はない。

「すみません、こんにち――…」

その時、キャアッと女性の悲鳴が上がった。

直後、診察室から何かが飛び出してくる。続いて「マロンちゃん!」と、低い声で叫びながら出てきたのは、青いスクラブ姿の背の高い男だ。

入り口に立ち尽くしている景を男が見る。バチッと目が合った。

「おい、その子を捕まえてくれ!」

「え?」

ハッと我に返った途端、前方からシャーッと何かが走ってきた。茶毛の猫だ。男の怒号も飛んでくる。

「おいっ、聞こえただろうが!」

「は、はい!」

ビクッと文字通り飛び上がった景は、猛スピードで迫ってくる猫の前に立ちはだかった。

しかし相手の方が一枚上手《うわて》。両手を伸ばした途端に、猫は素早く体をくねらせて、嘲笑《あざわら》うかのように景の股《また》の下をするりと潜《くぐ》り抜ける。

「早っ！　ちょっと待って」

振り返り、慌てて追い駆ける。幸い外に通じるドアは閉まっていたので、猫は諦《あきら》めて足を止めた。

「よし、イイコだからそのままじっとしててよ……」

だが、大人しく捕まるつもりなど毛頭ないのだろう。何かを狙《ねら》ったように目を光らせた猫は、次の瞬間、ビョーンとジャンプ。脇《わき》の棚に跳び乗ったかと思うと、挑むように景に向かってダイブした。

「うわっ、飛んだ！」

咄嗟《とっさ》に顔の前で腕を交差させた景の頭上を、黒い影がふわっと越えていく。背後でシュタッと床に着地を決めると、再び奥に向かって走り出す。

「行平《ゆきひら》先生！　マロンちゃんが戻ってきたわ！」

「とにかく早く捕まえましょう。おい、そこの少年。お前もこっちに来て手伝え」

捕獲に失敗したことを怒っているのか、怖い顔をしたスクラブ男に命じられるまま景も急いで駆けつける。

診察室に入ると、診察台を挟んで男と猫が睨み合っていた。猫から目線を逸《そ》らさず、景にむけて言った。

「おい、挟み撃ちにするぞ。俺はこっちから行く。お前は向こう側から回れ」

「は、はい」

言われた通りに診察台を迂回《うかい》する。猫の意識が男へ向いた。彼が素早くアイコンタクトを送ってくる。――チャンスだ、行け。景は頷《うなず》くと、慎重に背後から近付いた。ゆっくりと手を伸ばし、射程圏内に入った瞬間、勢いよく飛びかかる。

「やった、捕まえた――うぶっ」

シャーッと引っかかれた。仰《の》け反《ぞ》った景の隙《すき》をついて猫が逃げ出す。本当にすばしっこい暴れん坊。景も意地になって体勢を立て直す。

「あっ、こら待て！」

隣の部屋に入っていった猫を追った。長い睨み合いの末、一か八かで間合いに飛び込む。ギョッと怯《ひる》んだ猫の胴体をついに取り押さえた。

「やった！　やった、捕まえましたよ！」

体ごと振り返り、捕獲した猫をほこらしげに高く掲げてみせる。

「よし、よくやった……」

ガッシャーン！　と背後で物凄《ものすご》い音が鳴り響いたのはその時だ。

「――え？」と、首を捻《ひね》った景の目に、派手に横倒しになった機械が映った。

「うわああっ、エコーがああっ！」

ヒビの入ったモニターを見て、青褪《あおざ》めた男が頭を抱えて絶叫した。

マロンちゃんの治療は粛々と行われた。

近所の野良猫と喧嘩をしたそうで、毛が毟《むし》られ引っ掻《か》き傷も作っていたが、一番大きな怪我は脇腹の切り傷だった。おそらく喧嘩中に何か尖った物にでもぶつかったのだろう。皮膚が裂け茶色い獣毛にべっとりと赤い血がこびりついていた。この傷でよくあんなに動き回れたものだと感心する。てっきり男の子かと思ったが違った。女の子なのに驚くほどタフだ。

まだ若いスクラブ男は獣医だった。三十歳前後だろう。くっと眉間《みけん》に皺《しわ》を寄せて難しい表情を作っているが、よく見ると整った顔立ちをしている。すっと真《ま》っ直《す》ぐ筋が通った高い鼻梁《びりょう》に、どこか酷薄な印象を受ける薄めの唇。意思が強そうな形のいい眉《まゆ》は濃すぎることも薄すぎることもなく、切れ長の目は眼力が強すぎた。すっきりと整えた硬質な黒髪も凜《りん》とした面《おも》持ちによく似合っている。総じて男らしい美貌の持ち主だが、それゆえ凄まれると何だか妙な迫力がある。言葉の響きから優しいイメージの強い『動物のお医者さん』とは、少々異なった雰囲気の人だ。景は横目にチラチラと窺《うかが》いながら、伏し目がちのこの角度は時代劇に出てくるストイックで凜々《りり》しい武士みたいだなと思う。

今日は急用で看護師が早々と帰ってしまったので、診療時間外に飛び込んできた急患に彼一人で対応していたらしい。

景が面接を受けにきたと知ると、男はしめたとばかりに「よし、手伝え」と手術着を投げて寄越した。

「おい、トリマーならバリカンは使えるよな？　これで患部の毛を刈ってくれ」

バリカンを渡されて、景は戸惑った。

確かに猫の毛刈りは何度も経験してきたが、さすがに血がこびりついた毛を刈るのは初めてだ。

患部に毛が入らないように、裂傷の周囲を大きく刈り取る必要がある。頭の中でイメージをしながらも躊躇《ちゅうちょ》していると、マロンが動かないよう保定していた彼が不審そうに言った。

「どうした。早くしろ」

「――あ、はい。す、すみません」

ここで働かせてもらうつもりで来たのだ。いわばこれは採用試験。

景は大きく深呼吸をして、バリカンを持ち直した。ゆっくりと慎重にバリカンを当てる。

血のこびりついた毛は思った以上に刈りにくかったが、とにかく集中して必死に動かした。少しでも早く治療に移れるよう、慎重且《か》つ徐々にスピードを上げていく。

「終わりました」

「よし」医師が丸く刈り取った部分を見て頷いた。「結構、パックリやられてるな。麻酔をして縫合だな」

瞬時に判断し、てきぱきと準備に移る。景は保定の方法を教えてもらって、場所を交代する。暴れて疲れたのか、マロンは猫が変わったみたいに大人しかった。そっと頭を撫でてやると、もう景に警戒心は失《う》せたのか気持ち良さそうに目を瞑《つむ》っている。

その後の処置は早かった。男の縫合技術は素人目《しろうと》にも凄いとわかるほど手際がよく、あっという間に終わってしまった。

傷口を舐《な》めないようにエリザベスカラーを付けたマロンは、麻酔が効いているためまだ自力で立つことができない。オーナーの中年女性は患部の状態や今後の説明を受けると、キャリーバッグにマロンを入れて礼を言って帰っていった。

手を振って見送った後、景は急激に襲い掛かってきた疲労感に押し潰《つぶ》されるようにしてふらふらと待合室の椅子に腰を下ろした。

「——つっ、疲れた……」

慣れない作業と緊張感に強張《こわば》った体は、まるで自分のものではないみたいに重たい。

壁時計を見ると、すでに九時を回っていた。

ぼんやりとした頭でそういえばと思い出す。ここには面接を受けに来たのだった。院長先生の姿が見えないようだが、面接はあの若い男の先生が担当するのだろうか。手術を手伝ったことだし、採用してくれないかなと考えていると、ふっと頭上に影が落ちた。

「お疲れ」

目の前に紙コップが差し出される。俯《うつむ》けた顔を上げると、先生が立っていた。

「麦茶だ。これでも飲んでちょっと休憩しよう。疲れただろ」

「あ、すみません。ありがとうございます。いただきます」

受け取って口をつけた。冷たい麦茶が渇ききった喉をじんわりと潤す。あまりの美味《おい》しさに、思わず一気に飲み干してしまった。

「プハァッ、ごちそうさまでした」

「いい飲みっぷりだな。もう一杯飲むか？」

「いいんですか？　いただきます」

水を得た魚みたいに生き返った景を見て、おかしそうに笑った先生が空《から》の紙コップを引き取った。一旦奥へ消えて、すぐに戻ってくる。

麦茶の入ったコップを景に渡し、自分も隣に腰を下ろした。

「ついでにその顔の傷も手当てしてやる」

「傷？」

「さっき、マロンに引っかかれただろ。鼻の頭に擦《す》り傷が出来てるぞ」

「ああ、そういえば」

そんなことはすっかり忘れていた。咄嗟に鼻に触れようとして、「触るな、バイ菌が入るぞ」と止められる。

先生は人間用の救急箱から消毒薬を取り出すと、慣れた様子で手当てをしてくれた。ここで働いていれば、人間もこれくらいの傷は日常茶飯事なのだという。

「まあ、まだここのスタッフじゃないのに傷まで作って災難だったな。巻き込んでしまって悪かった。でも、助かったよ。えっと……」

「あ、小早川です」

「小早川？」

景は頷き、椅子の端っこに投げてあった鞄《かばん》を急いで手繰《たぐ》り寄せて履歴書を取り出した。

「小早川景です。トリマーを募集していると聞いて、是非《ぜひ》雇っていただけないかと思い伺いました。今日、面接をしていただけるということでしたので」

「ああ、面接の話は聞いてるが……小早川、景？」

しばらく履歴書と実物をジロジロと見比べていた先生が、どこか驚いたように「へえ」と呟《つぶや》いた。また少し考えるような間をあけて、僅《わず》かに唇を引き上げる。

「俺は――国岡《くにおか》行平だ」

「あ、それで行平先生ですか」

マロンのオーナーがそう呼んでいたのを思い出した。

「行平って名前の方だったんですね。名字かと思っていました。よろしくお願いします」

「……それだけか？」

「え？」

思わず訊き返すと、行平がじっと景を見つめてくる。

俄《にわか》に焦った。何だろう、おそらくこれは何かを試されているに違いない。採用基準に関わる重要なポイントなのかも――。景は懸命に頭を働かせた。ここで答えを間違えたら「残念ですが、今回はなかったことに……」と、バッサリ切られかねない。

「――あ！」

景はピンと閃《ひらめ》いた。行平もビクッと前傾姿勢を正す。

「国岡って、ここの病院名と同じですよね。そうか、もしかして先生は院長先生のご親族の方ですか」

「……ああ、そうだけど」

行平が答える。「お前が言ってるのは先代の院長だろ。もう年だからな、二年前に引退して俺が跡を継いだんだ。今は趣味の畑いじりがしたかったそうで、ここよりもっと田舎《いなか》に引っ越して祖母と二人でのんびり隠居生活を送ってるよ。ちなみに、常連さんは先代のことを国岡先生と呼んでいたから、俺の方は名前で呼ばれることが多い」

「ということは、先生はおじいちゃん先生のお孫さんですか」

「そうだよ」と、行平が頷いた。

今年で三十歳だという彼は、獣医師国家試験に合格後は別の動物病院で勤務獣医師として経験を積み、二年前にくにおか動物病院を引き継いだという。好々爺《こうこうや》の先代とはあまり似ていなかったが、彼が孫だと知って妙な親近感を覚えた。

「そうだったんですね。俺、全然知らなくて。てっきりまだおじいちゃん先生が院長先生を務めているものだと思ってました」

地元に根付いた個人医院だし、昔から知っていたので大した下調べをしていなかったことを恥じる。自分が地元を離れていた数年間に、この辺りもいろいろと変化しているのだ。

「俺、小学生の頃によく声をかけてもらってたんですよ。ここの前の道が通学路で、毎朝おじいちゃん先生が箒《ほうき》を持って犬や猫と一緒に掃除をしていたんです。俺たちが通りかかるといつも『いってらっしゃい』って、手を振って見送ってくれてたのを覚えてます。そっか、あのおじいちゃん先生のお孫さんなんですね。新しい院長先生にお会いするのは初めてですけど、こんなに若くてかっこいい先生だったなんて知らなくて……」

「は？」

行平が声を低めた。

「今、何て言った」

「え？」景は目を瞬《しばた》かせる。「えっと、こんなに若くてかっこいい先生だったなんて……」

「違う、その前」

「前ですか？　えっとその前は――……新しい院長先生にお会いするのは初めてです、って言いました」

「初めて？」

怪訝《けげん》そうに問われた。「お前、覚えてないのか？」

その言葉に、景は戸惑う。

「あの、覚えてないって、何がですか……？」

おずおずと訊き返すと、行平の端整な顔がみるみるうちに渋面に変化する。

気まずい沈黙が落ちた。

鬼の顔を見て、これはマズイと瞬時に察する。今の自分の返答がよくなかったのは明らかだ。しかし、どこが悪いのかがわからない。景には本当に彼の言葉の意味がさっぱりわからなかった。

ピリピリと緊張感が漂う空気を肌で感じて焦る。咄嗟に視線を俯けてどうしようかと狼狽《うろた》えていると、行平がふうと一つ大きな息をついた。

「お前、ここの募集をどうやって知ったんだ？」

「え？」

景は顔を撥《は》ね上げた。「あ、えっと。地元の友人が教えてくれて……先月まで働いていたペットサロンが急にお店を閉めることになって、これを機に実家に戻る話をしたら、ちょうどくにおか動物病院でトリマーを募集している話を聞いたんです」

「ふうん。じゃあ、ここに来たのはただの偶然ってことか」

ぼそっと行平が落とした呟きを聞き逃さず、景はピンと背筋を伸ばした。

「あのっ、先生。俺、以前にどこかで先生とお会いしたことがあるんでしょうか」

思い切って訊いてみる。履歴書を眺めていた行平がチラッと目線だけ向けてきた。

「……さあな」

しかし、返ってきたのは素《そ》っ気《け》無いが意味深な一言。景はいよいよ困惑する。

「あの、えっと、俺、必死に思い出してるんですけど、ちょっとまだ思い出せなくて……」

「そんなことより、大事なことを思い出した」

行平が眇《すが》めた目をして言った。

「手伝ってもらっておいて何だが、さっきのお前がぶっ倒した超音波診断装置《エコー》だけどな。どんな倒れ方したらあんなふうにモニターに罅《ひび》が入るんだか不思議だけど、あれはもうダメだな。修理に出さないと使えない」

「――え」

急に現実的な話を持ち出されて、景は青褪めた。

「す、すみません！　俺もマロンを捕まえるのに必死だったんで、どんなぶつかり方をしたのかはよくわからないんですけど、俺の不注意です。修理代は弁償させてもらいますから」

「できるのか？　あれ、結構高いぞ」

「……ちなみに、おいくらぐらい」

行平が一瞬天井を見上げた。そして、驚くべき金額を口にする。

「そっ、そんなに高いんですか！」

想像と一桁《けた》違って、景は目と口をあんぐりと開け広げた。社会人になったこの二年間でコツコツ貯めた金などあっという間に吹き飛ぶ。一文無しどころか借金だ。

「――働きます！」

「は？」

こちらを向いた行平がぽかんとする。景は長椅子の上を尻でにじり寄ると、彼の左膝《ひだりひざ》に自分の右膝をぴたりと密着させた。ぎょっと体を引いた彼に、前のめりになって頼み込む。

「俺、一生懸命働きます！　だからここで雇ってください、お願いします！　毎月の給料から弁償代を返済しますから」

言い寄る景を凝視して、行平が思わずといったふうに押し黙った。

「……わかったから、ちょっと落ち着け。近い、下がれ」

犬を追い払うみたいに手を振られて、景は自分が今にも行平を押し倒しそうになっていることに気がついた。謝って、慌てて伸《の》し掛かっていた体を下げた。

行平が気を取り直すように咳《せき》払いを一つする。改めて履歴書に目を戻す。

「専門学校を卒業後、ペットサロンに就職……たった二年間のうちに職場が変わってるな」

マダニに
フェラリア予防!

「それは、お店側の事情で閉鎖が相次いだんです。どちらのお店も潰れてしまって」

「どっちもお前が就職して一年前後で閉店？　お前――…まさか、疫病神じゃないよな？」

「ちっ」景は内心ギクリとして言った。「違いますよ！　たまたまなんです。たまたま俺が就職した先が残念なことになってしまって」

「だから、お前が来たからだろ。うちだってそうじゃねーか。来て早々、エコーをぶっ壊したし」

「！」

それを言われてしまうと、何も言い返せなかった。

「俺、やっぱり疫病神に取り憑かれちゃってるんですかね？」

自分でも疑っていたことなので、他人から言われるとますます真実味を帯びてくる。しゅんと落ち込むと、どこか焦ったように狼狽えた行平が「おい」と、小さくため息をついた。

「冗談だよ。本気でヘコむな」

ペラペラの履歴書でポンッと軽く頭をはたかれる。

「これは冗談抜きで、お前のトリマーとしての腕は悪くなかった。きちんと学校で基礎を学んで、そこそこ経験も積んできたのは伝わったよ。短期間に二度の転職はまあ仕方ないとして……お前個人は頑張ったんだな。動物にも慣れているし、バリカンの扱い方は先月までうちにいたトリマーよりも上だ」

「本当ですか！」

景はぱあっと顔を明るくした。我ながら単純な性格なので、褒められれば素直に嬉《うれ》しい。

「あ。そういえば、前のトリマーさんは何か事情があって辞められたんですか？」

途端に行平が苦虫を噛《か》み潰したような顔をした。

「ある日突然、来なくなったんだよ。どうしたのかと心配して連絡したら、メール一本寄越して『辞めます』だってさ。何なんだよ、まったく。頑張りますから雇ってくださいって頭を下げてきた、その二ヶ月後だぞ？　やっぱり自分には合ってないだの、思っていたのと何か違うだの、たった二ヶ月で何がわかるってんだ！」

グシャッと行平の手の中で履歴書が無惨に握り潰された。

ハッと我に返り、「あ、悪い」とバツが悪そうに丸まったそれを開く。景は手のひらでせっせと履歴書の皺を伸ばす行平を見つめながら、口は悪いが、彼が怒るのはもっともだと思う。そういう常識のない人がいるせいで、同世代は勝手に一括《ひとくく》りにされて「最近の若い者は」と言われてしまうのだ。

同じ二十二歳でもいろいろな人間がいる。本人のやる気の問題だ。

「お前、本当にうちで働く気があるか？」

ふいに行平が景を見た。

景はビシッと表情を引き締めた。

「――は、はい！　もちろんです」

「先に言っておくけど、うちは人手不足だからトリマーさんでも容赦なく動いてもらうぞ。ペットサロンみたいに動物を着飾るだけのオシャレ空間じゃないからな。ここは戦場だ。体力勝負の職場だ、お前が想像しているよりきついぞ」

「大丈夫です。雑用だろうと俺にできることは何でもします。体力には自信がありますから！」

両手を握って意気込みを伝えると、胡散《うさん》臭そうに顔を歪《ゆが》めた行平が「よし、採用」と言った。

「まあ、自分で言い出したことだし、壊した修理代分はしっかり働いてもらうからな。お前はメール一本で逃げ出したら承知しねえぞ」

ドスのきいた声で凄まれて、景はビクッと背筋を伸ばす。

「はっ、はい！　逃げ出しません、借金を返すまでは！　必死に働かせていただきます」

「よし、いい心がけだ」

行平が満足そうに頷いた。

「じゃあ、さっそく明日から入ってもらうから。とりあえず、入院患畜のケージの掃除と餌《えさ》やりは新人の仕事だ。初日は俺がやり方を教える。七時半集合。いいか、絶対に遅れるなよ。遅刻厳禁だ」

わかったなと敵に挑む武士のような目で睨みつけられる。

景は顔を引き攣らせつつ、こくこくと必死に頷いた。

2

動物病院の朝は、入院患畜のケージ掃除から始まる。

言われた通りの七時半に若干の余裕を持って到着すると、すでに病院の前では仁王立ちをした行平が待ち構えていた。首にもふもふの猫を巻いている。

「お、おはようございます！」

「十分前行動――合格。やる気はあるみたいだな」

腕時計を確認した行平が、満足そうに頷く。

「さっそく始めるぞ。着替えは用意してあるから、急いでこれに着替えろ」

「はい」

受け取ったのは薄紫のスクラブだった。昨日の行平は青色だったので、獣医師や看護師とトリマーを区別するためだろう。

スタッフルームで急いで着替えて戻ると、入院室の前で行平が猫とじゃれていた。先ほど首に巻きついていた子。茶色のアメリカンショートヘアだ。『ねえねえ、構って構って』と、甘えるようにして行平の手に頬《ほお》をすり寄せている。指で顎《あご》をくすぐってやっている行平の顔もどことなく優しい。吊り上がり気味の目尻が少し下がっている。

「その子は、先生のお子さんなんですか？」

和《なご》む風景だなと思いつつ、訊《たず》ねた。

顔を上げた行平が、途端に「ああ？」と眉間に皺を寄せて凄んでくる。

「変な言い方をするな。俺の子どものわけがないだろうが。まだ寝ぼけてるのか……おい、寝癖がついてるぞ。前から見たら気づかなかったけど、後ろを向くと酷いな。どういう格好で寝たらそんな鳥の巣みたいになるんだ？」

「えっ、ウソ」

慌てて頭に手をやった。後頭部を懸命に撫でつけるが、どこがどうなっているのかよくわからない。

あたふたしていると、プッと吹き出す声が聞こえた。行平が顔を逸らし、肩を小刻みに震わせている。

「後で直してやるから、先にケージの掃除をするぞ。にゃんこも連れてこい」

足元を見ると、先ほどの猫が景のスニーカーをひくひくと嗅《か》いでいた。長い尻尾がぴょこぴょこと左右に動いている。

「お前、にゃんこっていうのか」

何の捻りもない、かえって珍しい名前だなと思う。とても人懐っこい子のようで、しゃがんでそっと手を伸ばした景を警戒もせず、背中を撫でさせてくれる。

「にゃんこは便宜上そう呼んでいるだけだ。そいつは雨の中、ずぶ濡れになって捨てられてたんだよ」

「え？」

「うちで保護した時には呼吸も弱くて、あと一日あの土砂降りの中に放っておいたら危ないところだった。まあ、なんとか元気になってくれたんだけどな。昨日、めでたく里親が決まって、今日引き取りにくるんだよ。だから、今日でお別れだ」

「そうだったんですか……」

行平にとても懐いていたので、てっきり飼い猫だと勘違いしていた。毛並みがいいし、警戒心も薄い。そんな境遇の猫だったとはショックだ。

『捨て猫』『里親』という言葉は、ペットサロンではあまり耳慣れないものだった。ここは今までの職場とは全然違うのだなと改めて思う。

「でも、よかったよね」景はふかふかの茶毛を撫でて言った。「にゃんこは行平先生に助けてもらって、こんなに元気になったんだから。里親さんも見つかって、これからは幸せに暮らすんだよ。行平先生に感謝だね」

『にゃおらーん』と、にゃんこが嬉しそうに鳴いた。

「……珍しいな」

「え？　何がですか？」

「俺はずっと傍で世話をしてやっていたから別だが、そいつは普段はあまり人に懐こうとしない。人間に恐怖心があるんだよ。うちの看護師にもまだ警戒心を持っていて、なかなか自分からは近付こうとしないんだけどな。特にお前は、初対面だろ？」

「そうなんですか？」

景は目を丸くしてにゃんこを見下ろした。にゃんこが愛らしい顔で見上げてくる。尻尾はぴょこぴょこと動き、『もっと撫でて』と言っているみたいだ。人間が苦手なようにはとても見えない。

行平が一人と一匹を眺めて、ぼそっと呟いた。

「……あるいは、人間と思われてないのかもしれない」

「え！　ど、どういう意味ですか？」

それには何も答えずに、ただにやっと人の悪い笑みを浮かべた彼は、「ほら、行くぞ」と背中を向ける。景も慌ててにゃんこを抱き上げると、後を追いかけた。

入院室にはケージがたくさん並んでいた。

今はまだ余裕があるが、ピーク時にはケージが満杯で受け入れが困難になることもあるという。

さっそく、行平が手本を見せてくれた。排泄物などで汚れたペットシートを取り替えて、消毒を行う。ケージは常に清潔に保たなければいけない。動物は具合が悪くて入院しているのだから、保護されているケージが汚くては治るものも治らなくなってしまう。

「――大体はこんなところだな」

一通りの説明をして、行平が脇に避《よ》けた。

「まあ、実践あるのみだ。これに慣れてもらわないと話にならない。よし、やってみろ」

「はい！」

景は指示を受けながら恐る恐る作業に取り掛かる。ずらっと並んだケージから、たくさんの動物たちの視線が一斉に自分に集まるのがわかった。『おい、こいつ新参者だぞ』『お手並み拝見だな』と言われているようで、少し緊張する。

子どもの頃から生き物が好きな景だが、家族もそうとは限らない。小早川家では同居していた祖母が、あまり動物が好きではなかった。両親も見るのはいいけど飼うとなると抵抗があるという人たちで、幼少期は犬を飼っている家庭に憧《あこが》れたものだ。

先月まで世話になっていた下宿先もペット禁止だったから、動物と触れ合うのは職場のみだった。それでも排泄物の処理方法は学んでいるので、これくらいはできる。

最初のケージの掃除を終えると、傍で見ていた行平が感心したように言った。

「へえ、なかなか手際がいいじゃないか。ちゃんと勉強したんだな。動物の扱い方も慣れてるし」

足元で見守っていたにゃんこも、『にゃうん』と同意してくれる。掃除済みのケージに戻ったビーグル犬を見て、行平が「ふうん」と不思議そうに目を瞠《みは》った。

「こいつもまったく暴れなかったな。お前に頭を撫でられた途端、おとなしくなったし」

「ありがとうございます！」

褒められて嬉しくなる。「へへ、実は、前に働いていたお店ではゴッドハンドなんてお客さんには呼ばれてたんですよ。俺が撫でると、暴れていた子もおとなしくなって、体を触らせてくれるんです。あ！　もしかしたら、にゃんこにも俺のゴッドハンドパワーが通じたのかも」

得意になって、隣のケージのドアを開ける。昨日、避妊手術を受けたソマリ猫の女の子。名札には《谷崎《たにざき》リリイ》と書いてある。

「リリイちゃん、ちょっとこっちに移動しようね」

景は腕を差し出した。

しかし、術後の経過が良好で今日退院予定の彼女は、狭いケージに一晩閉じ込められて元気があり余っていたらしい。

タタッと寄ってきたリリイはかわいらしく景の腕に駆け込んでくる――と見せかけて、胸に頭突きを食らわせてきた。

「ぐふっ」

呻《うめ》いた景の二の腕を踏み台にした彼女は、前世はモモンガかと言わんばかりの開脚を見せて飛び立っていく。

「あっ、待……っ」

「おぶっ」

そして、ビタンッと行平の顔面に着地した。

「ああっ、リリイちゃん！」

景は猫を顔に張りつかせた行平を見て俄に青褪めた。手術を受けて一日も経っていないのに、まさかそんな行動に出るとは予想外だった。あわあわと焦る。

「そ、その人はでかいけど、キャットタワーじゃないよ。早く下りて……」

「——おい」

もふもふの向こう側から、地の底を這《は》うような低い声が聞こえてきた。

「どこの誰がゴッドハンドだって？」

リリイの前肢の隙間から鋭い目がギラッと光る。景はびくっと背筋を伸ばし、調子に乗った自分を猛省した。

「おはようございまーす……うわっ！　ちょ、ちょっと先生、どうしたんですか」

約一時間後、病院に現れた若い男性が、ぐったりとしている二人を見つけてぎょっとしたように後退《あとずさ》った。

「……おう、宮坂《みやさか》。おはよう……」

軽く手を持ち上げてみせた行平が、がくっと項垂《うなだ》れる。景も半分魂が抜けかかっており、何とか「おはようございます」と弱々しい声で挨拶《あいさつ》をする。

入院患畜をなめていた。

もちろん、まだ点滴を受けていたり、具合が悪くて寝ていたりする子が大半を占めるのだが、中には完全に復活してオーナーさんのお迎えを待ち侘《わ》びている子もいるのだ。

気をつけていたのに、景の不注意でリリイの他にも犬を一匹ケージから逃がしてしまい、先ほどまでその子の捕獲に追われていたのである。いつもなら三十分もあればケージの掃除をして給餌や投薬まで済ませてしまうらしいが、今日はお前のヘタレゴッドハンドのせいで倍以上の時間がかかった——と、行平に叱《しか》られたばかりだ。

「それは——……朝から災難だったね」

ミーティングを終えてカルテの準備をしていた宮坂が、話を聞いて苦笑いを浮かべた。

「昨日も大変だったんだって？」

「そうなんですよ。猫ちゃんが暴れて暴れて」

「そっか。僕も残っていればよかったな。ごめんね、早々と帰っちゃって」

「いえいえ」と、景はモップを肩に預けて両手を振った。

「急用で帰られたって聞きました」

「ああ、うん。実はうちで保護している子猫の里親になりたいっていう人がいてね。昨日はうちに会いに来てくれたんだ」

「へえ、そうだったんですか。それで、里親になってくれたんですか？」

「うん。一目で気に入ってくれてね。今度の休診日に引き渡すことに決まったんだよ」

「よかったですね！」

「ありがとう」と、宮坂が本当に嬉しそうに微笑《ほほえ》んだ。

彼は行平とは正反対の優しげで柔和な顔立ちをした人好きのする動物看護師だ。二十七歳と若いが、実は先代院長の頃からこの病院で働いているベテランらしい。

ちなみに、トリマー募集の件で電話対応してくれたのも彼である。

「小早川くんは、以前はペットサロンで働いてたんでしょ？　ここのとは全然勝手が違うだろうから、まあ慣れるまでは大変だろうね。特に院長は厳しいし」

宮坂が景をチラッと見て、ふっと口元を歪めながら小刻みに肩を震わせる。景はハハッと乾いた笑いを零《こぼ》した。

朝から大騒動に見舞われた結果、寝癖を直す暇がなくなり景の頭にはバンダナが巻かれている。子どもが好きそうな黄色いヒヨコ柄。「新人のお前にぴったりだ」と、不機嫌満載の行平に無理やり巻かれてしまったのである。寝癖は隠れたが、鏡に映った姿は随分とマヌケな格好をしていた。

宮坂を含めて総勢二人の看護師には目を逸らされて笑われるし、にゃんこには『がんばって』と、前肢でポンポンと励まされる始末。前途多難のスタートだ。

「……本当に厳しいですよね」

待合室の掃除をしながら、景はハアとため息をつく。

「もしかして、小早川くん」宮坂が受付から身を乗り出して言った。「昨日と今朝の騒ぎで懲《こ》りて、もうここで働くのが嫌になったりしてないよね？　辞めたいとか言い出さないでよ。あ、院長に叱られて怖いとか思ってる？　大丈夫だよ、怖いのは最初だけだから。慣れたら平気だから。早まらないで」

「え？」

宮坂が怖いくらいに真剣な顔をして見つめてくるので、景は思わず面食らってしまった。

「いえ、今のは自分の経験値が低くて厳しいなって思っただけで、働くのは嫌じゃないですよ？　行平先生に叱られたのも、俺が悪いからですし」

そもそも借金があるので、そう簡単には辞められない。宮坂には話していないが、行平とも約束したことだ。先ほど、行平が宮坂に「エコーが故障したから修理依頼の電話をしておいてくれ。早急にリースの手配も」と言っていたのを、チラッと聞いてしまった。景が壊したことを黙っていてくれた行平には頭が上がらない。当分はただ働きする覚悟だ。

「そっか……」

宮坂がホッと安堵《あんど》の息をついた。「ごめんごめん、驚かせちゃって。小早川くんの前にここで働いていたトリマーさんが、院長についていけなくてすぐ辞めちゃったんだよね」

「ああ、聞きました。急に来なくなったって」

「そうなんだよ。予防接種とかで忙しい時期に無断欠勤するし、結局、そのまま辞めちゃってね。非常識だって、院長ブチ切れ。宥めるのが大変だったんだよー」

宮坂が遠い目をしてふるふると首を横に振った。

「その前にも、女性看護師が一人辞めちゃったしね」

「え、そうなんですか？」

「そっちは、院長にばっさりフラれて失恋を理由に辞めちゃいました」

「……失恋、ですか。行平先生に？」

こくりと頷いた宮坂が嘆く。「顔はいいけど、口が悪いんだよねえ。動物には興味津々《しんしん》なのに、人間には無関心なところがあるから」

「ああ、なるほど」

何となく想像ができてしまって、失恋した看護師さんに少しだけ同情してしまった。

「まあ、そんな感じだから、うちは万年人手不足なんだよね」

宮坂が苦笑した。

「でも、今回のトリマーさんは根性がありそうだって、院長は嬉しそうだったよ」

「え？」と、景は思わず訊き返す。

「昨日、面接したでしょ？　あの後、院長から電話がかかってきて、小早川くんを採用するって報告を受けたんだよ。腕のいいトリマーさんだから即戦力になりそうだって、期待してたよ」

「――！」

ピクッと目と耳を最大限に開いた。急に背筋がシャキッと伸びたような気がして、心の奥からじわじわと嬉しさが込み上げてくる。

「ほ、本当ですか？　本当に行平先生がそんなことを？」

「うん。昨日は手術前の猫を剃毛したんでしょ？　丁寧《ていねい》でバリカンの当て方も的確だったって褒めてたよ」

途端に景はパアッと顔を明るくした。初日から行平に怒られてばかりで、さっそく雇ったことを後悔してないだろうかと若干不安になっていたところだ。実は自分の知らないところで褒められていたと聞けば嬉しい。期待してくれている行平の気持ちに全力で応えたいと思う。やる気が漲《みなぎ》ってくる。

「僕たちも期待してるから。小早川くん、頑張ってね」

「はい！　頑張ります」

その時、声に被《かぶ》せるようにして「おい、いつまで掃除してるんだ！」と、行平の叱責《しっせき》が飛んできた。

景は思わずビクッとモップにしがみつく。

「おい、何を遊んでやがる」

診察室から準備を終えて出てきた行平にギロッと睨まれた。

「すみません、すぐに終わらせます」

「動物たちを迎える場所だ。いい加減な掃除をするなよ。それが終わったら洗濯だからな。中谷《なかたに》さんにやり方を教えてもらえ」

一緒に診察室から顔を出した三十代半ばの女性看護師がおかしそうに笑いを堪えているのが見えた。

「はい、洗濯ですね。了解です」

「……返事だけはいいな」

憎まれ口を叩《たた》いた行平が呆《あき》れたようにため息をついた。

それから先は正に怒濤《どとう》のような忙しさだった。

景はあっちに行ったりこっちで呼ばれたりと休む暇もなく、自分で自分の足を引っ掛けてせっかく洗った洗濯物を地面にぶちまけ、運悪く通りかかった行平に大目玉を食らった。患畜のカルテを間違えて行平に渡し、射殺されるのではないかと思うほどの睨みを食らうこと三回。その間に、里親にもらわれていったにゃんことの悲しいお別れを挟んで、この短時間で情が移り号泣《ごうきゅう》してしまった景は「いい加減にしろ」と、呆れた行平からゲンコツまで食らった。雑用の合間にトリマーとして患畜の爪を切ったり、毛を刈ったり、皮膚病予防のシャンプーをしたり。そしてまた雑用に走る。へばっていると、「おいおい、そんなんで借金分働けるのか？」と、行平が聞こえよがしにぼそっと呟くのだ。動物には優しい行平先生は、鬼だった。

ようやく一日が終わってのろのろと帰宅し、気絶するようにベッドに倒れ込むと、後は泥のように眠った。動物病院がこんなに忙しい職場だとは思わなかった。体が重くてもう指一本まともに動かせない。このまま永遠に目が覚めないかも……あーでも、借金返さないと、行平先生が墓場まで追いかけてきそうだな……借金、金、金、にゃんこ、鬼……。

そんなふうにして、景の借金生活は幕を開けたのである。

ただでさえ人手が足りないくにおか動物病院の院長は、新人にも容赦なかった。

毎朝の入院患畜のお世話係にめでたく景が任命されて、眠い目を擦《こす》りながら出勤する日々が続いた。病院の裏に行平の自宅があるので、常に監視の目が光っている。

まあ、新人の仕事だから仕方ない。前任のトリマーはこれが不満だったのかなと思いつつ、景は意外とこの作業が苦ではなかった。

毎日世話をしていれば、気難しい動物たちともコミュニケーションがとれるようになる。ケージの入れ代わりは早いが、中には半月以上入院している患畜もいるのだ。最初は新参者を鬱陶しげに見ていた彼らも、今では景が声をかければ嬉しそうに反応を返すほど心を開いてくれていた。一日一日、少しずつ変化していく彼らの感情と向き合う時間が楽しく、これはペットサロンでは体験できない感覚だった。

一方、診察時間に突入すると、慣れない病院業務になかなか対応できず、まだまだもたつくことが多い。それでも行平は容赦なく次から次へと指示を飛ばしてくるので、もはやてんてこ舞いだ。トリマーだろうと看護師だろうと関係なく、みんなで協力して仕事をこなしていかなければ手がまわらないのである。

「小早川、カルテが違う！『宮川《みやがわ》カレンちゃん』じゃなくて『宮内《みやうち》カノンちゃん』だろ」

「すみません！　すぐに持ってきます！」

「小早川、ここはいいから受付に回れ」

「はい！　いってきます！」

「小早川、入院患畜の給餌は終わったのか？」

「あっ、今からやります！　すみません！」

「小早川、こっちを手伝え」「はいっ！」「小早川、どこ行った！」「はいはい、ただいま！」

更《さら》にここではマニュアル通りに物事が進むことはなく、いつ何が起きるかわからない。

その時その時で臨機応変に動くことが求められ、頭がパニックになることは日常茶飯事だった。ミスをすれば、ギロッと行平の無言の圧力。患畜やオーナーの前で怒鳴《どな》らないところは医師として正しいと思うが、気づく人は気づいているのだ。

「新人さんは毎日大変ねえ」

猫のシャンプーを行っていると、オーナーの館林《たてばやし》がそんなことを言ってきた。

常連の館林は、愛猫のスコティッシュフォールドの女の子、ぷに子《こ》を連れて三日に一度はシャンプーをしにやってくる。ぷに子はとにかくシャンプーが大好きなのだ。

しかし、前任のトリマーがあっという間に辞めてしまったため、しばらくは人手が足りず皮膚病患畜以外のシャンプーを中止せざるをえなかった。ぷに子はとても残念がっていたらしい。ようやく後任のトリマーが決まったと聞いて、シャンプーの再開を心待ちにしていたそうだ。

そんな話を聞いてしまっては、やらないわけにはいかない。

正直今の状態で手一杯なため行平は難色を示していたが、そこを何とかと景が頼み込んでシャンプーの受付を再開してもらったのだ。トリマー部門は景がスケジュール表を管理し、完全予約制にして一日の受け入れを制限することで対応する。もちろん、行平に呼ばれればそちらの補助もこなす。

「若先生は厳しいものねえ」

先日古希《こき》を迎えた館林がおっとりとした口調で言った。若先生とは行平のことだ。

「んー、まあ、そうですね。でも、行平先生はもっと大変ですから。それに間違ったことは言ってませんしね。新人は日々精進あるのみですよ。ねー、ぷに子。気持ちいい？　今日もとっておきの美人さんにしてやるからな」

もこもこと泡にまみれるのが好きなぷに子は、気持ちよさそうに目を瞑って『どんどんやっちゃってー』と頷いている。館林が「若いのに、日々精進なんて言葉を使うのねえ」と感心したように呟いた。

宮坂や中谷に聞いた話だが、院長が代替わりしたこの二年の間に、彼の厳しさに耐え切れずに辞めたスタッフが何人かいるらしい。先代院長の頃のスタッフ間の馴《な》れ合いや、全体的にゆるい雰囲気に慣れてしまった看護師たちは、新院長の行平と反りが合わず、宮坂を残して全員が辞めてしまったそうだ。その後、別の動物病院で働いていた中谷がやってきた。前の病院でいい加減な院長に愛想をつかして退職した彼女は、行平の動物を第一に考えて真正面から向き合う姿勢に感銘を受けたと言っていた。

結局、その後も新しいスタッフが入っては、理想と現実の相違や失恋などを理由に辞めていったという。だから万年人手不足なのだ。

「新しいトリマーさんが小早川先生でよかったわ。ぷに子もすっかり小早川先生に懐いちゃって。先生は辞めたりしないでね」

心配そうに言われて、景は「辞めませんよ」とにっこり否定した。

「若先生はいいトリマーさんを捕まえたわねえ。厳しいけど、とても腕のいい先生よ。まだ若いのに本当に凄いわ。小早川先生もしっかり学ばせてもらいなさいね」

「はい」

「そういえば、ほら。駅前に新しい動物病院ができたじゃない?」

「ああ、ココマチ動物クリニックですよね」

先月オープンしたクリニックである。まだこの町に戻ってきて二週間ほどの景は知らなかったのだが、駅前のビルに入っていてかなり大きな施設だ。様々なサービスがあり、屋上でも遊ぶことができるのだと——オーナーさん同士が待合室で話していた。

小さな町なので、やはり患畜の取り合い合戦になってしまう。ここに通っている人たちの中でも、試しに新病院を覗いてみたというオーナーさんがいて、景は内心ドキドキしながら聞き耳を立てていた。

実は、シャンプーを再開したのも、背景にはそういう理由がまったくないとは言えない。行平もスタッフ相手には仏頂面だが、オーナーさんに好印象をもってもらうため絶賛スマイルキャンペーン実施中なのだ。宮坂と中谷にせっつかれたという話だった。

「いくら新しくて綺麗《きれい》だからって、そこの病院がいいとは限らないわ。私はここが大好きなの。ねえ、ぷに子もそうよね?」

『にゃうはふぅ』

シャンプーを流して、でっぷりと肉付きのいい顎をマッサージされていたぷに子が恍惚《こうこつ》とした声を漏らした。

「それにしても、若先生はせっかくの男前なのに、時々ここにクッと皺を寄せて難しい顔をしているわよねえ。私、先生のファンだからよく見てるのよ」

館林が少女みたいにはにかみながら、自分の眉間を指差して言った。

「動物にはとっても優しいのに、あれじゃ、人間の女の人は怖がって寄り付かないわよ。若先生はまだ独身でしょう。心配だわあ。いい人はいないのかしら」

「ハハ、んー、どうでしょう……」

いや、寄ってくる人はいるのだ。でも、当の本人が人間よりも動物に愛情を注ぐタイプの男なので、当分独身なんじゃないかなと景は思っている。

「動物にはモテモテなんですけどねえ。ぷに子も大好きだもんな、先生のこと。いっそ、動物と結婚できたらいいんですけどね……」

「へえ、小早川先生は動物と結婚したいのか」

ふいに低い声が聞こえてきて、景はハッと振り返った。ビクッと思わず背筋を伸ばす。

いつからそこにいたのか、トリミング室の入り口に行平が立っていた。

「あら、若先生」と、館林がのんびりと言った。

「こんにちは、館林さん。ぷに子も、今日も元気そうだな」

指先でぷに子の顎を撫でてやる。

ドライヤーで乾かして一層もふっと膨らんだぷに子が『おかげさまで元気よ』と、気持ちよさげに喉を鳴らした。

「ん？　またちょっと太ったんじゃないか？　あんまり食べ過ぎるなよ。お前は太りやすい体質なんだから」

『いやーん、レディーに失礼でしょ』とばかりに、ぷいっとそっぽを向くぷに子。むくれたように尻尾でぺしぺしと行平をはたいている。「イテテ」と言いながら、行平も楽しげだ。

本当に動物とは相性がいい。同じことを考えていたのかどうかは知らないが、館林があらあらと余計なことを口にした。

「動物との結婚話は若先生のことよー」

「はい？」

行平が首を傾げた。

「たっ、館林さん」

景は慌てて二人の間に割って入った。「行平先生は、とっても動物にモテモテだって話をしてただけですよね」

「……なるほど」行平が胡散臭そうに言った。「小早川先生はどうやら俺の悪口を言ってたみたいだな。そうだろ、ぷに子」

ぷに子がチラッと景を見てくる。景は目で「違うよね、ぷに子」と懸命に訴える。しかし、行平に腹をわしゃわしゃと撫でられた彼女はごろにゃんとあっさり寝返った。

「ほら、ぷに子もそうだと言ってる」

「い、言ってないですよ。先生の悪口なんか」

「あらあら、若先生」館林がにこにことしながら言った。「小早川先生をいじめちゃダメよ。せっかく捕まえた大事なトリマーさんなんだから。また逃げられたら困るもの。いつも仏頂面でズケズケとものを言うけど、腕はいいよねって褒めてたのよね」

「館林さん⁉」

「へえ……」

行平がこちらを向いた。景はブンブンと首を横に振る。言ってない、俺はそんなことは言ってない！ それを言っていたのはそっちでにこにこと愉快げに笑っている館林だ。

「俺が小早川先生をいじめるわけないじゃないですか。大事なうちの新米スタッフなんですから、かわいがって育てますよ。ねえ、小早川センセ」

ぼそっと「お前はここから逃げられないよなあ？」と低く耳打ちされて、景はぎくりと笑顔を引き攣らせた。

「……頑張って働きます」

「よし。ご褒美に今日の反省会をいつもより延長してやろう。ビシバシしごいてやる」

「……あ、ありがとうございます」

「あらあら、若先生は面倒見がいいのねえ。小早川先生もかわいがってもらっていいわねえ。しっかり頑張って！　ぷに子と一緒に応援しているから」

館林が見当違いのことを言って励ましてくれる。ぷに子はちょっと申し訳なさそうに、『さっきは、ごめんにゃ』と尻尾で景をすりすりして、帰っていった。

反省会というのは、診察終了後に一日を振り返ってわからなかったことを調べ直したり、ミスの改善策を行平と一緒に話し合ったりする、いわば勉強会のことだ。

新人なのでわからないことだらけなのは仕方ない。だが、いつまでもわかりませんでしたで逃げるわけにもいかない。ただでさえ人手が足りないのだから、せめて足を引っ張らないようにしようと、景は毎日仕事が終わった後に、患畜のカルテを見ながら、どの症状にはどんな治療をして薬はどれを渡しているのかを徹底的に調べることにした。

しかし、入院動物の給餌をしつつこそこそ勉強していたら、二日目にして早くも行平に見つかってしまったのである。勝手にカルテを持ち出すなと怒られるのを覚悟したが、彼からは意外な言葉が返ってきた。

――やる気があるヤツは好きだ。わからないことがあったら遠慮なく訊け。俺がきちんと責任をもって教えてやるから。

それからは疑問点をその都度メモし、後から行平に質問することにした。彼はその一つ一つに丁寧に答えてくれて、わからないところがあれば根気強く何度も繰り返し教えてくれる。行平はただ厳しいだけではない。

受け取りようによっては冷血漢っぽく映る言動もあるが、それも何か考えがあってのことなのだと、一緒に働くうちにだんだんとわかってきた。

患畜を一番に考えているからこそ、そのことが頭から抜け落ちているスタッフには特に厳しく指導する。景も何度も叱られた。行平もその場で怒った理由を詳しく説明している暇はないため、わけがわからないまま怒られっぱなしのこともあった。宮坂と中谷がフォローしてくれることもあるが、彼らもずっと景に付き添っているわけではない。怒られたことをいちいちくよくよしていたら、次の患畜に迷惑がかかる。割り切るしかないのだ。

しかし、その時は混乱していても、冷静になって思い返せば至らない自分の行動が見えてくる。行平が怒っても仕方ないと納得すると、その後はきちんと反省して次に生かすことが重要。学校のテストと同じだ。間違えた問題はもう一度見直してマスターし、同じ問題は二度と間違えないように気をつける。それに、診察後の反省会では、行平が改めてああいう時はこうしなくてはいけないと丁寧に説明をしてくれるので、理解も深まる。気づけば、たった二週間でぶ厚いメモ帳を二冊も消費していた。

小早川くんは凄いよね——宮坂に言われた言葉だ。大抵はさ、反省する暇もなく怒られ続けて、それが嫌になってみんなここを辞めていくんだよ。でも、小早川くんは院長先生が言っていた通り、根性があるよね。前向きに努力するところも凄いし。中谷さんとも話してたんだけど、本当に尊敬する。小早川くんがうちに来てくれてよかった。院長も機嫌がいいし、いい子が来てくれて嬉しいんだよ。そういえば、最初から二人の距離感って結構近かったよね。うちの院長は壁があって声を掛けづらいって、辞めていった人たちは文句を言ってたんだけど。小早川くんとは相性がいいのかな。キミみたいにへこたれずについてくる子って、最近じゃ珍しいからさ。院長の後ろを従順にくっついて回ってる小早川くんって、ちょっと犬っぽいもんね。そういうところも院長のお気に入りなのかも。

そうか、犬か――と、景は妙にしっくりきてしまったのである。ヒヨコよりは少しは昇格したかもしれない。

評価してもらえるのは単純に嬉しい。だが、景は言われるほど特別なことをしているわけでもないと思う。どの世界でも新人は必死に走り回ってナンボだ。たまたま就職したペットサロンがアットホームな雰囲気で規律がゆるかっただけで、専門学校の同期たちからは職場で起きた様々な事件や悩みを聞かされていた。それはさすがに理不尽だなと思う内容も多々あった。

そんな彼らに、二度も職場を失った景は同情されたものだが、捨てる神あれば拾う神あり。景が今もトリマーを続けていられるのは、行平がこの病院に雇ってくれたからだ。

初日に高額医療機器を壊してしまった自分を追い出すこともせず、スタッフとして置いてくれた。もちろん借金はあるけれど、病院によっては弁償金だけ請求して追い出される可能性の方が高いだろう。

友人たちの話に出てくる経営者や先輩と比べたら、行平は理想の上司ではないか。厳しいが間違ったことは言わないし、時々「糖分を取れ」と飴までくれるし。なぜかいつもバナナミルク味だけど。

恵まれているのだと思う。だから、この恩を仇《あだ》で返さないように一生懸命働かないといけない。返すのは借金だ。

「おい、小早川！　どこだ、入院患畜の散歩の時間だぞ。早く連れて行けって暴れてるからどうにかしろ」

午前の診察時間が終了しても、ゆっくりと食事をとっている暇はない。今朝、コンビニで買ってきたパンを口に詰め込んで、景は立ち上がる。

「はい！　すぐに行きます！」

「時間通りに帰ってこい。今日はこの後、去勢手術が二件入ってるからな。お前も補助に入れ。手術に立ち合いたいって言ってただろ。さっそく手伝わせてやる」

「本当ですか！　ありがとうございます。それじゃあ、クッキーちゃんと秀吉《ひでよし》くんのお散歩に行ってきます」

「あ、ちょっと待て。その前にトイレットペーパーを買ってきてくれ。そこのスーパー、今日は安売りだから」

「トイレットペーパーですね。わっかりました、行ってきます！」

「おい、声がでかい。インコのぺぺちゃんが怯《おび》えてるだろうが」

入院室の隅っこに置かれた鳥かごの中で、オカメインコのぺぺがこっちを見ながら赤い頬をぷるぷると震わせていた。

「あ、ごめんなさい。ごめんね、ぺぺちゃん。怖くない、怖くないよ。大丈夫だからね。行平先生、それじゃ、行ってきます」

小声で言って出かける。

最近、行平の愛の鞭《むち》がちょっとばかり心地よくなってしまっている自分がいる。「小早川！」とあの低い声に呼ばれると、条件反射で犬のように見えない尻尾を振り振り、駆けつけたくなるのだ。

褒められて伸びるタイプだと思っていたが、どうやら叱られても伸びる子だったらしい。

もっともっと頑張って、くにおか動物病院に貢献できたらいいなと思う。

3

初めての給料日がやってきた。

といっても、景はただ働き同然だ。それでも、雀《すずめ》の涙ほどの給料は入っているかもしれない。

午前の診察が終わった後、買い出しついでに銀行に寄り、ドキドキしながら記帳した通帳を見て――びっくりした。

「先生！　行平先生」

病院に戻った景は、スタッフルームに飛び込んだ。カルテを確認しながら昼食をとっていた行平がうるさそうに顔を上げた。

「何だよ、騒がしいヤツだな。おつかいはできたのか？　まさか財布を落としたんじゃないだろうな」

「違いますよ。買い物はちゃんと行ってきました。それよりも、お給料が……っ」

景は通帳を見せて、振り込まれたばかりの金額を指差した。どう考えても多すぎるのだ。

「ね？　おかしいですよね？　先生、間違えたんじゃないですか？　返しましょうか」

心配して言うと、行平はチラッと景を見てため息をついた。

「間違えてねーよ。これで合ってる」

「え、でも、借金は？　俺、給料のほとんどを差し引かれると思ってたんですけど」

「そんなことしたら、お前が食っていけねえだろうが。心配しなくても、毎月きちんと差し引いた額を振り込むようにしてるから、余計なことは考えなくてもいい。それはお前が頑張って働いた分の対価だ。素直に受け取っておけ」

ポンッと通帳を返される。

「新しいトリマーさんの評判はいいし、こっちも人手が増えて助かってる。引き続き気張って働けよ」

そう早口に言って景を追い払うように手を振ると、行平は再びコンビニ弁当を掻き込み始めた。

「――……」

通帳を見つめて、景は思わず頬を弛《ゆる》ませた。

最後の行平の言葉を反芻《はんすう》する。

まだまだ宮坂や中谷のようには機敏に動けないが、彼にスタッフの一員として正式に認められたような気がした。給料の金額よりも、行平の言葉の方が嬉しくてにやけてしまう。

「あら小早川くん、ご機嫌ね」

廊下をスキップしていると、中谷が笑いながら声をかけてきた。

「実は、初めての給料日なんですよ」

「ああ、そうか。ちゃんと入ってた？　その顔だと、予想以上に貰《もら》ったみたいね」

よかったじゃんと背中をバシッと叩かれた。

「えへへ、行平先生にこれからも気張って働けよって言われました」

「期待の新人だもんね。私たちも助かってるよ」

中谷にまで持ち上げられて、にやけ顔が止まらない。

「それに今日は、行平先生の行動を読んで完璧に補助をこなしてたじゃない。先生にも感心されてたでしょ」

「そうなんですよ！」

午前の診察中のことだ。宮坂と中谷の手があいていなかったので、代わりに景が補助に入ったのだ。風邪ひきの猫の治療で、インターフェロン注射をすることになり、その準備を景が行ったのである。注射を嫌がる猫の保定も完璧。日々の反省会のおかげで抗生剤の名前も頭に入っており、行平が口にしたそれらをすぐに棚から取り出すことが出来た。

――へえ、なかなか使えるようになってきたな。

いつもの無言の睨みではなく、珍しく行平のそんな言葉が返ってきて、景は思わず「ヨッシャ」とガッツポーズをしたのだ。すぐに「調子にのるんじゃねーよ」と、行平に頭をはたかれてしまったが。

「俺、少しは先生に認めてもらえましたかね」

「え？」中谷がおかしそうに言った。「もうとっくに認めてると思うけど。行平先生、最近は本当に楽しそうだもの。しごき甲斐《がい》のある子が入ってくれてよかったわよねえ。小早川くんと絡《から》んでる時の行平先生、イキイキしてるもん。動物とはまた別の未知のイキモノを見つけたみたいな？」

何だかよくわからなかったが、とりあえず褒めてもらっているようなのでよしとする。

「あ、そうだ。先生から預ったお財布を返すの忘れてた。ちょっと行ってきます」

スタッフルームにはもう行平の姿はなく、診察室から声が聞こえていた。

景もそちらへ移動する。

「そういえば、院長」

宮坂の声だ。景は思わず足を止めた。

「さきほど四葉《よつば》メディカルの加賀《かが》さんからお電話がありましたよ」

「加賀さん？」と、行平が繰り返す。

四葉メディカルは医療機器メーカーである。加賀はそこの営業マンで、くにおか動物病院の担当だ。

「何だって？」

「麻酔モニターの件についてお話ししたいそうです」

「あ――……」

行平が唸《うな》るような声を漏らした。「そういえば、麻酔モニターを買い換えたいって話をしてたんだったな。今使っているのはもうかなり古いものだし、そろそろ新しいのが欲しいんだけど……ちょっと今は無理だな」

「そうですね」宮坂も同意する。「結局、エコーは修理じゃきかなくて買い換えましたもんね、まだ新しかったのに。痛い出費でしたよねえ。何であんなことになったんですか」

「患畜が暴れたんだよ。捕まえようとして引っ掛けたんだ。仕方ない、加賀さんには事情を話して一旦保留にしてもらうか」

耳に届いた行平のため息。

景はその場で固まった。二人の会話がぐるぐると頭の中で回っている。

「――……っ」

宮坂が部屋から出てくる気配がして、ハッと我に返った景は急いでスタッフルームに戻った。少し前までの高揚感はどこかに消え去り、今は途轍《とてつ》もない後悔が胸に込み上げてくる。

「あれ、小早川くん。どうしたの？　顔色が悪いよ」

持参した弁当を食べていた中谷が、怪訝そうに訊いてきた。

「さっきまであんなに元気だったのに。どこか具合でも悪い？」

「あ、いえ。大丈夫です」

慌ててかぶりを振った。

「そう？　だったらいいけど。お昼まだ食べてないんじゃないの？　今のうちに食べちゃいなさいよ。私は入院室で給餌しているから」

「……はい」

景は無理やり笑顔を作って、中谷が部屋を出て行くのを待った。

コンビニの袋を引き寄せて、中身を確認する。昼食用に買い込んだ惣菜パンが二つと冷蔵庫にカフェオレとプリンが入っている。

惣菜パンの消費期限をチェックした。二つとも明日の夜までだ。半分ずつ食べれば四食分に分けることができる。プリンは明日の夜に回す。

「――よし。これでいこう」

この決断はすぐに無謀だったと猛省する羽目になるのだが、その時の景は若さと気力で乗り切れると本気で信じていた。


実家住まいなので家賃はかからない。

今月分の光熱費は引き落とされるが、これからはできる限り節約しよう。食費も切り詰めて、とにかくお金を使わないようにしないと――。

麻酔モニターを買い換えられなくなったのは、どう考えても景の責任だった。

自分が超音波診断装置を壊さなかったら、今頃は四葉メディカルの加賀が新しい麻酔モニターのパンフレットを持ってうきうきしながら病院に出入りしていたはずだ。

現在くにおか動物病院で使用している麻酔モニターは、先代から引き継いだものだ。この病院の設備はそういう理由で年季が入っているものが多い。

古い機材は使い勝手が悪いのもそうだが、行平が買い換えたいと考えていた理由の一つには、おそらく駅前にできた『ココマチ動物クリニック』の存在がある。

くにおか動物病院の待合室でも、最近は何かと耳にするそのライバル病院は、最新の医療設備を取り揃《そろ》えているのがウリでオーナーさんの間でも話題になっているのだ。

大事なペットを治療してもらうのだから、やはり最新型の機材が揃っている方が魅力的だし安心——そう考えても、オーナーさんの立場なら仕方のないことなのかもしれない。

更には、新規患畜を取り込むために予防接種のキャンペーンなどを大々的に打ち出しており、それに惹《ひ》かれて流れるオーナーさんも少なからずいるのだ。動物たちがいくら通い慣れた病院を気に入っていようと、財布を握っているのはオーナーさんである。

昨今のペットブームで家庭のペット比率が高まるに従って、新たに開業する動物病院も増加しており、患畜の取り合いが激化しているのだ。特にこんな小さな町に大型施設ができると個人病院は大変だ。経営難に陥って廃業する病院も出てくる。

くにおか動物病院は幸い一定数の常連客がいるものの、けっしてのんびり構えていられる状況ではない。少しでも治療の効率を図り、よりよいサービスを提供するためには、やはりある程度の設備が整っている方が望ましい。それは新米の景にだってわかることだ。

貯金と振り込まれた給料を合わせても、借金には全然足りない。

給料を全額返納したいと申し出たところで、おそらく行平には却下されてしまうだろう。そんな気がする。

いざという時に差し出せるように、できるだけ貯金は崩さないことにしようと決めた。

「ねえ、小早川先生。何だか痩《や》せたみたいだけど、大丈夫？」

今日もぷに子のシャンプーにやってきていた館林が、心配そうに訊いてきた。

「え、そうですか？　全然そんなことないですよ」

景は内心ギクリとしながら笑って答えた。実は似たようなことを今朝も行平から言われたばかりだった。

——お前、何か一回りほど縮んでないか？

鋭い目つきで不審そうにじろじろと見てくるので、景は慌てて否定して逃げたのだ。

そんなに見てわかるほど痩せただろうか？　確かにちょっとばかりズボンのウエストが弛くなったなとは思うが、毎日鏡で見ている顔に変化はない気がする。実家の体重計は壊れたままなので、実際にどのくらい減っているのかはわからない。

——やっぱり、食事の量を減らしたからかな？

「ぷに子は相変わらず肉付きがいいですねえ。また行平先生に揶揄《からか》われちゃうぞ」

『にゃふぅ』

マッサージをしてやるとぷに子が気持ち良さそうに体をくねらせる。

「ちゃんとゴハンは食べてる？　忙しすぎるんじゃないかしら」

館林が本当の親のように親身になって心配してくれるのがありがたかった。

「大丈夫ですよ。ちゃんと食べてますから。ありがとうございます」

いつものようにシャンプーを終えたぷに子と館林を見送った後、景はトリミング室の片付けをしてスタッフルームに引き上げた。

ちょうど午前の診察も終わったところだ。今日は比較的外来患畜が少なく、受付時間を終了した時点で待合室には一家族しかいなかった。

診察室から宮坂と中谷が出てくる。

「お疲れさまです」

「お疲れさまです。そっちも終わった？　今日はみんなでお昼ゴハンが食べられそうだね」

宮坂に言われて焦った。

この十日間、景は昼食を小さなおにぎり一つで何とかしのいでいる。普段は手が空《あ》いている時に個々で食事を済ませるので、この展開は想定していなかった。あのおにぎりを見られたら、質問攻めにあうに違いない。

「えっと、すみません。今朝はお昼を用意する時間がなくって……俺、外で食べてきます」

鞄を持って廊下に出る。

ドンッと何かにぶつかった。障害物に跳ね返されて、景はその場でたたらを踏む。ぐらっと眩暈《めまい》がしたその時、腕をぐっと強い力で摑《つか》まれた。

「おい、走るな。危ないだろうが」

行平だった。

「――……あ、すみません」

頭を下げた瞬間、また酷い眩暈に襲われる。

「……おい、やっぱりお前、細くなっただろ。腕の摑み具合が……小早川？　どうした、顔色が悪いぞ。大丈夫か？」

「あ、全然大丈夫です。平気です、から……」

ごぎゅるるるるうと、自分の体内から何か物凄い音が聞こえたような気がした。

次の瞬間、ぐるんと目が回って、景の意識はそこでプツンと途切れた。

目を開けると、景はどこか知らない場所に寝かされていた。

「……？」

見覚えのない部屋に、自分がいつも寝起きしているものとは違うベッド。

「……あれ？　ここって、どこ……？」

「お前は本当にバカだな」

聞き覚えのある低い声が降ってきた。

「――！」

ハッと顔を向ける。案の定、そこには椅子に座って腕組をし、睨みをきかせている行平の姿があった。

「せ、先生」

景はさあっと青褪める。記憶が一気に戻ってくる。「あの、俺、もしかして……」

「倒れたんだよ。――…空腹に目を回してな」

一層低い声が返ってきて、思わず布団の中でビクッと縮こまった。

――怒っている。必死に抑えているようだが、行平からは明らかな怒気のオーラが立ち上り、今にもブチッとキレて怒鳴り散らしそうな雰囲気だった。

「す、すみません。ご迷惑をおかけしてしまって。すぐに仕事に戻ります……」

急いで起き上がろうとした途端、横から肩を押し戻された。「いいから寝てろ」と、不機嫌な声が言う。

「なあ、腹をすかせて倒れるってどういうことだ？」

「……っ」

景はギクリとして固まった。

「飯が食えるだけの給料は渡しただろうが。あの金を何に使ったんだ」

「あの、えっと……」

そうかと考える。何か欲しいものがあって、お金を貯めているという設定の方が行平も納得してくれるかもしれない。

「実は、そう、く、車が……」

「お前の鞄からこんなノートが出てきたぞ。《借金返済計画》——って、何だこれ？」

「！」

バッと上掛けを撥ね除《の》けて起き上がった景から、行平はひょいとノートを遠ざけた。

「か、返してください！　それはダメです！」

「《毎日の食事内容……水》って、どういうことだ。《今日食べた気分で我慢したもの……帰り道に匂《にお》いが漂ってきたカレー。コンビニでカレーを買った場合、450円。コロッケを付けたらプラス120円。からあげも食べたいからプラス135円。食後のデザートのプリンが110円。合計、815円。エア晩ごはんで、815円の節約。人間、水とチョコだけで結構元気。明日も頑張るぞ！》……おい？」

ノートの一ページを読み上げた行平が、ギロッと景を睨みつけてきた。

「お前はどこの遭難者だ！」

「あっ、あの、そうだ、ダイエットをしようと思ってて……」

「そんな丸わかりな嘘《うそ》があるか。ここに《借金返済計画》って書いてあるだろうが。どう見てもお前の字だよな？　よく見ろ、自分の汚い字を」

「そこまで汚くないですよ」

ムッとして言い返すと、物凄い目で睨まれた。慌てて頭を下げる。

「ご迷惑をおかけしてすみませんでした。だからもうそれ返してください」

両手を差し出したが、無視された。

「エア晩ごはんってことは、結局、何も食ってないってことだよな？　鞄から一緒にこれが出てきたぞ。こんな石っころみたいなおにぎり。何のエネルギーにもならないだろうが」

「食べないよりは、マシかなと思って……。お米はお隣のおばあちゃんが貰い物だからってわけてくれたんです。でも計画的に食べないと、すぐなくなっちゃうじゃないですか」

「お前、実家暮らしだろ。メシぐらいどうにかなるだろうが」

「あ、うちの両親は今仕事で海外です。だから、実家には俺一人で住んでいて」

「は？」

行平が面食らったように目を瞠った。

「お前、一人暮らしなのか？　そんなこと一言も言ってなかっただろ」

「えっと、訊かれなかったんで……」

答えると、行平が苦虫を嚙み潰したような顔をしてみせた。

「俺はてっきり、家に帰ったらお袋さんがゴハンを用意してくれているんだと思ってたぞ。だったら早く言え。今までの反省会も、メシを食いながらすればよかったじゃないか」

チッと苛立《いらだ》ち混じりの舌打ちをして、髪をクシャクシャッと掻き毟る。ふうと気を取り直すように息を吐き出した。

「話は戻るが、この《借金返済計画》っていうのは何だ？　お前、そんなに早く借金を返してここを辞めたいのか」

「ちっ」景は即座に否定した。「違いますよ！　俺は辞めませんよ？　せっかく雇ってもらったのに」

「じゃあ、何でこんなバカげた節約生活をしてるんだよ。理由は？」

「えっと、それは……」

言葉に詰まると、低い声が「言え」と脅しをかけてくる。ただならぬ圧力に負けて、景は渋々口を割った。

「……だから、その――…麻酔モニターが……」

「麻酔モニター？」

「本当は、今使っているものを買い換えるはずだったって……でも、俺がエコーを壊しちゃったから、お金がなくて買い換えられなくなったって話を、偶然聞いてしまって……」

ベッドの上で正座をした景はしゅんと項垂れる。

気まずい沈黙が落ちた。ため息が聞こえ、頭上から感情を消した行平の声が降ってきた。

「まさか、それでお前が金を貯めて買い換えるって？」

「そこまではなかなか難しいかもしれないですけど、少しでも足しになればと思って」

ある程度貯まったら、困っている行平に「これを使ってください」と、すっとスマートに渡すつもりでいたのに――。

「バカだな、お前」

景の浅はかな計画は、そんな呆れきった言葉でバッサリ斬《き》られてしまった。

「自分が空腹で倒れたら元も子もないだろうが。この仕事をなめてるのか？　体力勝負、体が資本だって、最初に言ったよな？」

「……はい。体力には自信があったんですけど」

「どんな体力自慢のヤツだって、空腹には勝てねえよ。ほらみろ、腕もこんなに細くなってるだろうが」

行平に腕を摑まれる。景には差がよくわからなかったが、彼からすれば摑んだ時の親指と中指のくっつく位置が違うらしい。腹部もペタペタと触られて、スクラブの下衣のウエストを引っ張られた。

「これも、前より弛くなってないか？」

「……ちょっとだけ」

正直に答えると、行平が聞こえよがしのため息をついた。

「ただでさえ細くて貧弱な体がますます貧弱になるぞ。とりあえず、その腹の虫をどうにかしないとな」

「え？　あっ」

景は慌てて腹部を押さえた。先ほどからぐるぐると一体何の音かと思っていたが、どうやら自分の腹が空腹を訴え続けていたらしい。羞恥にカアッと頬が熱くなる。

「倒れる前にも凄い音で鳴いてたもんなあ。ちょっと待ってろ」

揶揄うように言って、行平は一旦部屋を出ていく。

改めてきょろきょろと見回した室内は、八畳ほどの広さで、半分開いた窓からは心地よい風が滑り込んできた。シンプルなグレーのカーテン。ベッドの脇には事務机があって、本が山のように積み重なっている。すべて動物医療に関するものだ。家具も必要最小限でデザインはどれもシンプル。ベッドも落ち着いたネイビー。

ここはおそらく行平の私室だ。病院の裏の自宅に違いない。ということは、病院からここまで行平が景を運んでくれたのだろうか。

「……ヤバイ。メチャメチャ迷惑かけちゃってるよ」

青褪めた景はあたふたとベッドから下りた。ベッドサイドの時計を見ると、十三時四十五分。午後の診察は十四時半からなので、まだ大丈夫だ。少しホッとする。

行平はどこに行ったのだろうか。部屋を出ようとしたその時、ドアが開いた。

「……おい。待ってろって言っただろ。どこに行くつもりだ」

盆を持って戻ってきた行平がギロッと高い位置から見下ろしてきた。

「ぴょ、病院に戻ろうと思って。午後の診察の準備をしないと……」

思わず身構えて答えると、行平が困った子を見るような目をしてため息をついた。

「いいから、とりあえずベッドへ戻れ」

手を振られて、景は勢いに気圧《けお》されるようにして後退る。おずおずとベッドに腰掛けると盆を渡された。

ほかほかと湯気の立ったそれはおじやだ。

「まともにメシを食ってなかったみたいだし、急にガツガツ食べると胃がびっくりするだろうから」

「……これ、先生が作ったんですか？」

びっくりして訊ねると、行平が頷いた。

「先生、料理ができたんですか！」

「うるさいな。これくらいは誰だって出来るだろ」

「出来ませんよ。俺は無理です」

「威張《いば》って言うな」

ペシッと頭をはたかれた。ぶたれたのは頭なのに、腹がぐうおおおおんと鳴り響く。

へへっと引き攣り笑いを浮かべると、行平が半眼で睨んできた。

「さっさと食って、それをどうにかしろ。病院で腹を鳴らしたら承知しないからな。動物たちがびっくりするだろ」

「はい、すみません。……いただきます」

手を合わせる。れんげを持とうとしたら、横から行平に奪われた。おじやを掬《すく》って、ふうふうと息を吹きかける。

「ほら」

冷ましたれんげを差し出されて、景は戸惑った。目をぱちくりとさせると、行平が無言で顎をしゃくって寄越す。

食えと言われているのだろうけれど——どうすればいいのか迷っていると、醤油《しょうゆ》の焦げた香ばしい匂いがふわんと鼻腔をくすぐった。途端にぐごごごごお……と腹が鳴る。

欲望に負けた口が半ば無意識にパカッと開いた。かぷっとれんげに飛びつく。

「……食い方が鳥の雛《ひな》みたいだな」

「先生、これすごくおいひいです！」

「あっそ。ほら、もっと食え」

「いただきます」

一口食べてしまうと、もう止まらなかった。これまで抑えていた食欲がパチッと目を覚ましたかのように次を要求してくる。口の中がなくなったところを見計らって、絶妙なタイミングでれんげが差し出された。景はすっかり甘えて口を動かすだけだ。

あっという間に器一杯分のおじやがなくなった。

「その顔だとまだ足りてないな。おかわりがあるけど、食うか？」

「はい、いただきます」

おかわりのおじやも、なぜか行平が食べさせてくれた。

いい年をした男が情けないなと思う一方で、行平に世話をしてもらうのはいつも病院で見かける動物たちの気分になったようで、これが案外心地いい。自分の家だからなのか、行平も毅然《きぜん》とした院長先生の顔とはまた別のリラックスした雰囲気で、景の食事風景を眺めながら時々おかしそうに笑ってみせるのが新鮮だった。

「お前は、何でトリマーになろうと思ったんだ？」

れんげを差し出しながら、ふと行平が訊いてきた。

「えっと、もともと動物が好きだったっていうのもあるんですけど。いろいろある職種の中でトリマーを選んだのは、子どもの頃に出会った犬の影響が大きいと思います」

「……犬？」

「はい」

景は頷き、きっかけとなった出来事を行平に話して聞かせた。

あれはまだ景が四歳か五歳の頃の話だ。

保育園の友達と近所の神社で遊んでいた景は、その子が帰ってしまったので仕方なく一人で遊んでいた。すると、境内の隅っこに真っ白な犬が寝そべっていたのだ。犬は眠っているようだった。景はそっと近付き、大きなわんこのもふもふの毛に触ろうとしたのだ。

その時、わんこの目がパチッと開いた。

びっくりした景は文字通り飛び上がって、よたよたと尻餅をついた。犬が景にむかってワンッと吼えた。それにまたびっくりしてついには泣き出してしまったのである。

そこには犬と一緒に小学生ぐらいのお兄さんがいた。わんわん泣いている景を見て狼狽えた彼が、必死に慰めてくれたことを覚えている。

それから景はそのお兄さんに毎日のように会いにいった。どこで会っていたのかとか、彼がどこに住んでいたのかとか、そのあたりのことはよく覚えていない。何せまだ保育園に通っていた頃のことなので、ほとんどの記憶が曖昧《あいまい》だ。それでも、わんこの散歩に行くお兄さんの後をちょろちょろと付きまとっていたのは確かだった。

ある日、景はとんでもないことをしてしまったのだ。

その日はとても暑かった記憶がある。だから、景はあのもふもふのわんこがかわいそうだなと思ったのだ。人間でもこんなに暑いのに、あんなふかふかの毛を着ているわんこはもっと暑いに違いない——そして、景はハサミを持って、わんこのもとへ走った。

「そのわんこのところへ行ったら、案の定、犬小屋の前でぐったり寝そべっていて。これは大変だと思って、子どもの俺はわんこの毛を必死にハサミで切ったんです。でも、そうしたら物凄く不格好になっちゃって——…まあ、当たり前なんですけどね。で、申し訳なくてまたわんわん泣いてたら、お兄さんが家から出てきて、ごめんなさいって謝ったんですよ」

懐かしいなと当時を思い出す。

「そうしたらお兄さんに、子どもにわんこの散髪は危ないって叱られて、だったら大きくなったら動物の散髪屋さんになるって、確かそんなふうに言ったんだと思います。それを聞いたお兄さんが、頑張れって言ってくれて。そのことがずっと頭に残っていたんですよね」

進路を決める段階になって、自分は何になりたいのかと考えた時に、その記憶が蘇ったのだ。あの出会いがなかったら、おそらくこの道には進んでいないだろう。

「高校を卒業したら、トリマーの専門学校に進もうって決めてました。なんとか無事に資格も取れて、今はこうやって先生のところで働かせてもらってます」

ありがたいことだなと改めて思う。

それまで黙って景の話を聞いていた行平が、ふと口を開いた。

「……そのお兄さんは今、どうしてるんだ？」

問われて、景は首を捻った。

「さあ、わからないです。いつの間にかわんこと一緒にいなくなっちゃってたんですよ。お兄さんもわんこも元気かな――……え？　何ですか？」

じっと意味深な様子で見つめてくる行平の視線に気づいて、景は目を瞬かせた。何か物言いたげな顔をしていた行平は、「いや、何も」と僅かに目線を逸らす。なぜか呆れたように嘆息した。

「先生は、どうして獣医さんになろうと思ったんですか？」

同じ質問を行平にぶつけてみる。

チラッと景を見た彼は、一瞬遠い目をしてぼそっと言った。

「俺の両親はとっくの昔に離婚してるんだけど、まあ、俺が子どもの頃からずっと仲が悪くてな。喧嘩ばっかりしていた記憶しかない」

景は思わず目を瞠った。行平が続ける。

「親に放っておかれた俺は、ずっと飼い犬と一緒にいたんだよ。その犬が病気になって、気づいた時にはもう手遅れでさ。結局、死んでしまった」

当時高校生だった行平が学校から帰ってくると、愛犬はぐったりとしてすでに意識がなかったという。嘔吐《おうと》した形跡もあって、急いで近所の動物病院に駆け込んだ行平は、そこの獣医に叱られたのだそうだ。

「飼い主のくせに、犬の変化に気づかなかったのかって。もっとキミが早く気づいていたら助けられたかもしれないのにって言われてショックだった。確かに、ちょっと元気ないかなとは思ってたんだ。でも俺も部活や勉強が忙しくて、父親は仕事人間でろくに家に帰ってこないくせに掃除とかにはうるさくてさ。家の中のこともやらなきゃいけなくて、いっぱいいっぱいだった。だからその頃は——……大人しくしていてくれて助かるな、なんて思ってた」

行平が自嘲《じちょう》めいた笑みを口の端に浮かべた。

「実際は、はしゃぐ元気もなかったんだ。でもたぶん、あいつは俺に気を使ってくれたんだろうな。苦しかっただろうに、そんな素振りを俺には全然見せなかったから。今でも本当に後悔してるよ。それがきっかけで、獣医の道に進んだ」

その後、何年も会っていなかった祖父に自ら連絡して、獣医になりたいと相談をしたそうだ。祖父と反りが合わなかった父親には猛反対されたらしいが、祖父の援助を受けて大学に進学し、見事国家試験に合格したという。

初めて知る行平の半生に、景は驚いていた。素直に凄いなと思う。それしか言葉が思いつかない。自分のマヌケな過去を披露した後なので、余計に彼の話が重たく感じられた。

「あと、もう一つ」

行平が言った。「昔、犬好きで泣き虫のガキと約束したんだよ。そいつとお互い頑張ろうなって約束をして、何でか進路を決める時にその時のことを思い出したんだ。パームも懐いていたからな、そのガキに。まあ、鈍くさいヤツだったから、パームの方が放っておけなかったんだろうけど」

「パームって、名前だったんですね。そのわんちゃん」

しんみりとする景を、なぜか行平が呆れたような目で見てきた。

「……パームの写真を見るか？」

「いいんですか」

行平が携帯電話を取り出し、画面を素早く操作する。差し出された写真を覗き込んだ。

「エスキー？」

問いかけると、行平が頷く。真っ白い大型犬は、アメリカン・エスキモードッグだ。

「うわあ、かわいいですねえ！　この子がパームかあ」

人懐っこい目が愛らしく、頭の良さそうな顔をしている。真っ白な毛並みはもふもふとしてとても触り心地が良さそうだ。この子がずっと、行平が子どもの頃から傍にいて心の支えになり、守ってくれていたのだろうと思った。想像すると、胸の奥がぎゅっと潰れたような気持ちになる。まるで自分までが行平の過去の中に存在しているみたいな感覚になり、ずっと前からパームのことを知っていたように悲しくなった。

「そういえば、俺が子どもの時に会ったわんこもこんな感じだった気がします。当時は犬種なんか知らなかったし、大きなわんこだなって思ってたんだけど、あれもエスキーだったのかな?」

「……その犬の名前は?」

行平が訊ねてくる。だが、景はフリーズしてしまった。

「あれ? 何だったかな……」

首を捻って思い出そうとするが、全然浮かんでこない。「ずっとわんわんって呼んでたんですよ。えっと、確かお兄さんが呼んでたんだけどな……あー、思い出せない」

大きなため息が行平の口から漏れた。

「――……そうだな。お前、バカだもんな」

「バカバカって言わないでくださいよ! そりゃ、先生みたいに国家試験に受かるような凄い記憶力なんか持ってないですけど」

「そういう問題じゃねーよ、バカ」

「またバカって言う。本当に口が悪いですよね、行平先生って。病院にやってくるオーナーさんの前では猫被ってるし。そのうちボロが出ますよ。そしたら動物たちも怯えて、先生にそっぽを向くかもしれない……」

「うるさい、トリ頭」

ペシッと結構強めに後頭部をはたかれた。

頭を押さえて唸る景は、上目遣いに睨みつける。――暴君ドクターめ!

「何だよ」

「いいえ、何でもないです」

膨れっ面でふるふると首を横に振った。その時、目の端に盆と空になった器が入る。

「……人間にも、優しくできるんですね」

「は？　何だって？」

怪訝そうに訊き返されて、景は慌てて「何でもないです」とかぶりを振った。

「さて。そろそろ戻らないとな」

行平が立ち上がる。景も右に倣《なら》った。

「お前、大丈夫なのか？」

仕事に戻る気満々の景を見て、行平が目を眇めた。「また倒れるんじゃないだろうな。しばらくここで寝ていてもいいぞ。午後からはトリミングルームの予約は入ってないだろ」

珍しく優しい声で言われて、思わず景は動揺してしまった。

「だ、大丈夫ですよ。もうおなかもいっぱいになったんで、復活しました。本当に美味《おい》しかったです。どうもありがとうございました」

改めて感謝の意を込めて頭をさげる。すると、一瞬の沈黙の後、ポンッと後頭部に軽い重みがかかった。

「？　え、わっ、重っ、あ、ちょっと、先生⁉」

そのままぐっと頭を沈められたかと思うと、わしゃわしゃと両手で髪の毛をまぜ繰り返された。犬相手にじゃれ合うような感じで撫で回される。

「とりあえず、この《借金返済計画》ノートは没収だ。給料からきちんと差し引いているんだから、それ以上はお前が気にする必要はない。麻酔モニターよりも、今お前に抜けられる方が困るんだよ。いいか、わかったら返事」

「は、はい」

「よし。それと、今日から仕事が終わったらうちでメシを一緒に食うこと」

「……え？」

「それから朝は、病院より先にまずうちへ来い。メシを食ってから入院室へ移動して、掃除をすること。いいな」

「…………」

「おい、返事」

「はっ、はい！」

「よし」と、満足げに言って、ようやく行平の手に捕らわれていた頭が解放される。

しかし、景はまだぽかんとしたままだ。何だか、途中からおかしな話になっていなかったか――？

戸惑っていると、行平がドアに向け顎をしゃくって言った。

「それじゃ、戻るか。中谷さんと宮坂も心配していたぞ。俺がお前のことを扱《こ》き使って、過労で倒れたんじゃないかと濡れ衣《ぎぬ》を着せられている。きちんと説明しとけよ」

「え、そうなんですか？　はい、わかりました。行平先生の汚名は責任を持って晴らしておきます」

「余計なことは言うなよ」

「え、余計なことって何ですか？」

顔を合わせた行平が、苛立ったように「ああ、もういい」と言った。鳥の巣のようにぐしゃぐしゃになった景の頭を見て、自分がやったくせにみっともないと顔を顰《しか》める。

どこから取り出したのか、犬のイラストのバンダナを景の頭に巻きつけながら、「バカの相手は疲れる」とぼそっと呟いた。

4

景の生活は、行平の意向で変更を余儀なくされた。

朝はバタバタと身支度をしながら、バタートーストをインスタントコーヒーで流し込むのが当たり前だったが、ある日を境に、一気に朝食が豪華になった。

毎朝行平の自宅を訪ねると、すでに居間の座卓には立派な食事が用意されているのである。朝は和食派らしい彼が作るのは、炊き立てのご飯と味噌汁《みそしる》、焼き魚や出汁《だし》巻き卵に小鉢まで付いてくる。

こんな旅館の朝食みたいなものを、朝から行平が作っているとは驚きだった。

「食事はすべての基本だからな。栄養の偏ったものばかり食ってると、あと十年したらお前も病院行きだぞ。俺は人間は診《み》てやれないからな」

景はネバネバ系の食べ物が苦手だ。しかし、それを知った行平は嫌がらせのように毎日ネバネバしたものを食べさせようとしてくる。

「このネバネバがいいんだろうが。健康食だぞ」

オクラの和《あ》え物、メカブの酢の物、モロヘイヤのおやき。特に納豆が出てきた時は、「勘弁してください」と涙目で謝り、どうにか許してもらった。

朝食を終えると、洗いものを景が引き受けて、その間に行平は身支度をする。病院に移動して、まずは入院動物のケージの掃除、給餌。一ヶ月以上も続けていれば、要領もわかってきぱきと仕事をこなせるようになった。最初の頃と比べたら我ながら見違えるほどだ。

宮坂と中谷も出勤してきて、全員でミーティングをした後は、いつものように各自仕事にとりかかる。

昼食は、行平の手作り弁当だ。それまでは彼もコンビニや弁当屋を利用していたが、景が倒れてからは二人分の弁当まで作るようになってしまった。

——行平先生のイメージが変わったわ。こんなことまで出来ちゃう人だったなんて。

中谷は感心し、

——ていうか、院長先生にここまでさせちゃう小早川くんが凄いよね！

宮坂にはなぜか大笑いされた。

一日の業務が終わると、その後はまた病院の裏の自宅へお邪魔《じゃま》する。

行平が食事を作っている間に、景はその日の出来事を纏《まと》めたり、調べものをしたりして、疑問点はゴハンを食べながら話し合うのだ。行平は相変わらず丁寧に教えてくれるし、参考書も貸してもらえるし、その上腹も満たされるので、文句の付け所がない充実した毎日を送っている。

ちょっと奇妙な習慣といえば、行平宅をお暇《いとま》する前に、浴室へ連れていかれることだ。

「ほら、乗ってみろ」

行平に言われて、恐る恐る片方の足を乗せる。全体重をかけた。

「……服の重さを引いて、だいたい五十三キロ。まだ戻ってねーな」

体重計のデジタル数字を食い入るように見つめて、行平が不満そうに言った。

「でも、食べた分だけ動いてますし。それにもともとの体重がいつ量ったものか記憶も曖昧だから。実際はここで働き始めた時の体重と変わってないのかも」

「いや」

しかし行平は首を横に振って譲らない。「あの段階で確実に三キロは落ちてたはずだ。百七十センチで五十五キロだったんだろ？　身長百七十センチの男の理想体重はだいたい六十三〜六十四キロ。全然足りないだろうが。痩せすぎなんだよ。あと五キロぐらい太ってもいいんじゃないか？」

「嫌ですよ、デブになっちゃうじゃないですか」

「何がデブだ。ガリガリのくせに。何だこの細い腰は、ぷに子を見習ってもっと食え。食って食ってぷにぷに太れ。明日から肉料理を増やすかな……」

行平がぶつぶつ呟きながら何やら考え込んでしまう。景は体重計から下りて、今日の体重をグラフに記入する。これも行平の自作だ。倒れたその日に量らされた体重が五十二キロだったので、それから一度五十四キロまで戻り、またちょっと減って現在横ばい状態。朝昼晩しっかり食べても、その分日中の激務で消費するので、これが今のベスト体重なのだろうと思うが、行平は納得していない。

体重は減ったが、以前と比べると体調はすこぶるいいのだ。体も軽いし、バリカンやハサミを持つ手の動きにキレが増した気がする。心配してくれていた館林にも「顔ツヤがとてもいい」と褒められた。

それもこれも、毎日世話を焼いてくれる行平のおかげだ。

栄養バランスを考えた食事を作り、これを食え、こっちも食えとせっせと景に食べさせる様子は、入院動物たちに「ほら、いっぱい食べて早く元気になれよ」と給餌をしている姿と重なる。景が乗った体重計を覗き込んでいる顔は、患畜を診察台に乗せて体重を量っている時の表情と一緒だ。

卑屈ではなく、いい意味で自分が行平に診察される動物にでもなったような気分だった。

自分のことを一生懸命に考えてくれている彼に懐きたくなる動物の気持ちがよくわかる。

こんなふうに心配してもらって、世話まで焼いてもらえるのは、とても嬉しいことだ。

行平は動物にしか興味がない変わり者だと思っていたのだけれど――。

景にいちいち口を出してくるのは、何だか自分が彼の特別にでもなったような錯覚に陥って、それは酷く心地のいい優越感を与えてくれるのだった。

行平宅の庭に咲く紫陽花《あじさい》も見頃を過ぎて、六月も終わりに近付く頃、くにおか動物病院に小さな嵐がやってきた。

「助けてください！」

もう少ししたら午後の診察が始まるという時間帯。景が待合室の床をモップで拭いていると、入り口のドアにぶつかるようにしてその人物は転がり込んできた。

ぎょっとして顔を上げると、小さな男の子が息を乱して立っている。

「ど、どうしたの？」

小学校低学年くらいの子だ。学校帰りなのだろう、背中にはランドセルを背負って、手には白い体操着を抱えていた。はあはあと肩で呼吸をしながら、訴えるようにして景の傍まで近付いてくる。

「こ、この子、死んじゃう……っ」

「え？」

彼が抱えている体操着を眺めて、景は眉を寄せた。よく見ると体操着の中に何かがいる。

薄茶の獣毛。だが酷く汚れていて、ところどころ毛が剝《は》げ皮膚が見えている。体操着にくるまっていたそれは、ぷるぷると弱々しく震えていた。

「……子犬？」

「うん」とその子が涙目で頷いた。

「帰り道に、声がするからむこうの空き地を探していたら、この子がカラスに襲われてたんだ。つつかれて、毛も毟られちゃって、カラスは追い払ったんだけど、この子、ぐったりしてて……」

ひっくと喉を引き攣らせながら、彼——東野美樹也《ひがしのみきや》は言った。近所の小学校に通う二年生だ。

「これ」と、美樹也がズボンのポケットから何かを取り出して渡してきた。ぐしゃぐしゃになったA4のコピー用紙。

《心優しい方、よろしくお願いします》

「……これって？」

訊ねると、美樹也が段ボールに貼ってあったと答える。つまり、この子犬は元の飼い主に捨てられて、行き場を失っていたところをカラスに襲われたのだ。

「ここ、動物の病院なんでしょ？　お兄さんは動物のお医者さんですか？　この子、治してくれますか？」

しゃくり上げる美樹也の肩を擦《さす》り、大丈夫だからと宥める。

「俺はお医者さんじゃないけど、ここにはとても腕のいいお医者さんがいるから。ちょっとその子を見せてもらえるかな」

こくりと頷いた彼から体操着ごと引き取る。

小さな命の震えが手のひらに伝わってきた。

柴犬の雄だ。おそらく生後三〜四ヶ月ぐらい。カラスに毛を毟られた他に目立った怪我はなさそうだが、とにかく衰弱している。どれほどの期間、段ボールに入れられて放置されていたのか。

「行平先生！」

景は診察室に駆け込んだ。準備をしていた行平が、うるさそうにこちらを見る。

「何だよ、騒々しい。掃除は終わったのか？」

「この子を診てあげてください！」

「は？」

景が抱いている子犬を見て、行平の顔色が変わった。

「何だ、その子は」

「さっき、男の子が連れてきてくれたんです、空き地に捨てられていたみたいで、カラスに襲われてたって」

早口に説明すると、行平が聴診器を耳につけて子犬の体を調べ始めた。

「……だいぶ弱ってるな。無理やり毛を毟られて、血も滲《にじ》んでいる。他に怪我は？　肢《あし》の骨折は――…大丈夫そうだな。小早川、宮坂と中谷さんを呼んできてくれ。感染症がないか検査する」

「はい！」

まだ外来患畜が来る前だったこともあり、子犬の治療はすぐに行われた。景も補助に入って三人の手伝いに回る。

「——とりあえず、感染症はなさそうだな。衰弱しているが、骨に異常はないし、内臓の方も特に問題はなさそうだ。命に別状なし。傷は消毒したから、後は点滴で様子を見て、しばらく安静にしていれば元気になるはずだ」

行平から診断結果を聞いて、景はホッと胸を撫で下ろした。

体は随分と小さいが生後六ヶ月ぐらいだという。

外来に混ざって待合室の隅っこでずっと待っていた美樹也にも急いで報告してやった。

「本当！　よかったあ……」

美樹也の泣き顔がぱあっと花開いたみたいに綻《ほころ》んだ。

「元気になるまでは、当分はここの病院で入院することになるからね」

「また明日、あの子に会いにきてもいい？」

「うん、いいよ。美樹也くんが助けてくれたんだから、あの子もお礼が言いたいだろうし」

はにかむように笑って、美樹也は元気よく手を振って帰っていった。

保護された柴犬の子どもは、その日はずっと眠っていた。抗生物質が効いていることもあるが、外敵から逃れてホッとしているのだろうと行平が言っていた。

「こんなに小さい子を段ボールに入れて放置するなんて、本当に酷いですよね」

丸いハゲが点々としている痛々しい姿を見つめながら、怒りが込み上げてくる。

「酷いことだが、これが現実だ。こうやって保護されたらまだマシだよ。無責任な飼い主のせいで、命を落とす動物は少なくない。かわいい面ばかりに目がいって、思い通りにならないとすぐ手離す。人間のエゴに振り回されていい迷惑だよ。こいつらだって必死に頑張って生きてるんだ」

淡々と話す行平の言葉が胸に刺さった。ここで働くようになってから、命の重さを改めて実感している。動物病院にあるのは出会いばかりではない。医者が全力を尽くしても、どんなに頑張れと願っても、救えない命だってある。

医者は神様じゃない。行平も宮坂も中谷も、誰もがそれを知っていて、どうしようもない自分の無力さを責めながら、それでも懸命に動物たちと真正面から向き合っているのだ。

翌日、昨日と同じぐらいの時間帯に、学校帰りの美樹也はやってきた。

今週は学校側の都合で下校時間がいつもより早めなのだそうだ。

「わんちゃん！」

入院室のケージの中で柴犬の子どもがピクッと体を震わせた。

まだ少し元気はないが、経過は順調だ。今日はふやかしたドライフードを与えてみたが、最初は警戒していたものの、全部食べてくれた。行平もこのまま回復すれば大丈夫だと言っていたことを伝えると、美樹也は「よかった」とニコニコ笑った。

しかし、すぐに顔を曇らせる。

「美樹也くん？　どうかした」

難しい表情をして考え込んでいた彼は、「あのね」と悲しそうに言った。

「ぼくんち、犬を飼っちゃダメなんだって。ママに頼んだけど、マンションでは飼っちゃいけない決まりだから、絶対にダメって言われたんだ」

しょんぼりと俯いてしまう美樹也。自分が拾った手前、どうにかしてこの子犬を引き取りたかったのだろう。

「そっか。ペット禁止のマンションなら、なかなか難しいよね」

住宅事情があるのだから、それは仕方ない。マナー違反をして、もしばれた場合、かえって犬が不幸になるケースだってあるのだ。

「このわんちゃん、元気になったら保健所に連れて行かれちゃうの？」

今にも泣き出しそうな潤んだ瞳に見つめられて、景は思わず返答に詰まった。

病院はボランティアではない。入院室のケージも無限ではなく、引き取り手がなければ、いずれ動物愛護センターなどに連絡を取ることになる。そこでも引き取り手が見つからなかった場合、最悪の結末になるかもしれない。

どう説明していいのか迷っていた時だった。

「うちでしばらく預ることはできる。その間に里親募集のチラシを貼って様子をみよう。もしかしたら、こいつを飼ってもいいと言ってくれる人がいるかもしれない」

美樹也と一緒になって振り返ると、行平が立っていた。

「あ、そうか」景も思い出した。「にゃんこみたいに、里親さんが見つかるかもしれないですもんね」

きょとんとしている美樹也に、景はペットの里親探しについて簡単に話して聞かせた。

「じゃあ、里親さんが見つかったら、わんちゃんは保健所に行かなくていいんだ」

「うん、そうだよ。元気になったら募集のポスターを作るから。先生、俺が作ってもいいですよね」

訊ねると、「最初からそのつもりだけど」と返ってくる。

「ぼくも一緒に作ってもいい？」

「もちろん、いいよ。一緒に作ろうか。元気になったらポスター用のわんこの写真を撮ろうね。こんなにかわいいから、きっとすぐに優しい里親さんが見つかるよ」

「うん！」

すっかり元気を取り戻した美樹也がニパッと笑った。

わんこは日に日に元気になっていった。

最初は人の気配にビクビクと怯えていた彼も、毎日献身的に世話をする景には次第に心を開き始めて、体を触らせてくれるまでになった。

まだ毛が生え揃っていないので見た目はちょっと痛々しいが、食欲は旺盛。小さな尻尾をふりふりして食べている姿が本当にかわいい。

「俺のことを見てくんくん甘えてくるんですよー、指を甘噛みされちゃって。もうそれがすっごくかわいくってメロメロです」

景の話を生温かい眼差《まなざ》しで聞き流しながら、宮坂と中谷は「朝から何回目だよ、その話」と、少々呆れ気味だ。

「思ったんですけど、ずっとわんこって呼んでいるのもなんですし、きちんと名前を付けてあげた方がいいですよね」

「やめておけ」

スタッフルームを通りかかった行平が、低い声を挟んできた。

「名前なんかつけると、いらない情が湧《わ》くぞ。にゃんこの時でさえ、出会って数時間のくせに、里親に引き取られていくあいつを見て大泣きしただろうが。にゃんこもドン引きだ」

行平の言葉に、宮坂と中谷までが「あー……」と、意味深な薄ら笑いを浮かべた。

「でも、名前がないとかわいそうじゃないですか。入院室の他のみんなは名前で呼んでるのに。わんこだけわんこなんて」

「あいつらには帰る家があって、名前だってオーナーさんがつけてくれたものなんだ。そいつの飼い主はお前じゃないだろうが。無責任な愛情は動物を混乱させるだけだ」

「わかりますけど……動物のお医者さんが、そういう言い方はないんじゃないですか？　一緒にいたら愛情が湧くのは当たり前じゃないですか。せめて、名前くらいはつけてあげてもいいのに……」

思わず食い下がると、ギロッと睨みつけられた。

「だったら、お前が責任を持ってあいつを引き取るか？」

問われて、景は思わず押し黙ってしまった。

「それなら、俺だって文句は言わない。名前をつけるのはオーナーの権限だ。だけど、動物を一匹飼うのに、どれだけ金がかかるかわかってるか？　ワクチン接種に去勢手術、餌代だってバカにならない。病気になったらどうする？　ここで働いていれば保健のきかない動物の医療費がどのくらい高額かわかっているはずだ。そんな金、お前にあるのかよ」

「……っ」

ぐうの音《ね》も出ないとは正にこのことだろう。借金のある景にとって、犬を飼う余裕などあるはずもなかった。

ジッと行平が睨み据えてくる。

「まさか、また食費を削るとかバカなことを言い出すんじゃないだろうな？　そんなのは何の解決にもならないからな。仲良く共倒れコースだ」

一瞬、その考えが頭に浮かんでしまった景は、頭の中を読まれてギクリとした。学習能力のない浅はかな自分の思考が恥ずかしくて、痛いほど唇を噛み締める。

行平はいつになく容赦がなかった。

「お前みたいなヤツが、かわいいから、かわいそうだからって、無責任に手を差し伸べておいて、持て余したらあっさり捨てるんだよ。今のわんこみたいにな」

「――――！」

淡々と放たれた声が氷の刃《やいば》のようにグサッと胸に突き刺さって、景は思わず息を呑《の》んだ。

「行平先生、もうそれくらいで」

中谷が間に割って入る。「ほら、午後の診察の準備をしないと。ね、宮坂くんと小早川くんも」

「は、はい。小早川くん、向こうでカルテの準備を手伝ってくれる？」

「……はい」

宮坂に促されて、景は俯いたまま重たい腰を上げた。

午後の診察が終わった後、カルテの整理や明日の準備などを済ませて、中谷と宮坂は帰っていった。

行平も一足先に引き上げてしまった。

景は一人で入院室にこもり、一つ一つケージを確認しながら必要な給餌をする。

これは別に、二人の空間が気まずくて行平が先に帰ってしまったわけではない。

最近は、帰り際の入院動物のチェックなどを景に任せて自分は自宅に戻り、夕飯の準備に取り掛かるのがルーティーンになっている。

仕事を全般的に任せてもらえるということは、それだけ信用されているということだ。

午後の診察は、何事もなかったかのように平常運転だった。お互いにいい大人なので、仕事に私情を挟むのは禁物だ。平常心のつもりで動いていたけれど、景の方は思った以上に気を張り詰めていたみたいだった。

行平が院内からいなくなると、無意識にホッと肩の力を抜いたのが自分でもわかった。

――先に戻ってるからな。後は頼む。

いつも通りに声をかけてもらったので、今夜も夕飯を食べにお邪魔してもいいのだろう。でも昼間のことを思い出すと、やはり気まずい。

「……わんこ。俺、先生を怒らせちゃった」

ケージの外に出る許可はもうもらっているので、景はわんこを抱いてため息を零した。

『くうん』と、わんこが首を傾げた。尻尾をふりふりしながら、『何があったの？』とつぶらな瞳《ひとみ》で心配そうに見上げてくる。

「わんこに名前を付けちゃダメだって、叱られちゃったよ。あまりにも冷たいことを言うから、この冷血人間！　って、一瞬思っちゃったんだけど――……でも、先生が言ってることはその通りでさ。俺の考えがどれだけ甘いか思い知らされた。俺、感情で動いちゃうからさ。先生にバカって言われても仕方ないよな……」

『くぅきゅうん』

わんこが湿った鼻先を景の胸元に押し付けてくる。『そんなことないよ』と、慰めてくれているようで、思わず頬がゆるんだ。

「ありがと、わんこ。わんこには、絶対に優しい里親さんを見つけてやるからな。その人にいい名前をつけてもらいなよ。本当は俺も、いろいろと考えてたんだけど……そういえば、行平先生が飼っていたわんこの名前って、パームだったよな。エスキーならカタカナが似合うけど、お前は日本顔だから漢字がいいよね」

『わふん』

「エスキーってね、真っ白ですごく大きな犬なんだよ。お前の何倍もあるんだぞ。俺も子どもの頃に出会った時、大きくてびっくりしたもん。でもすごく人懐っこいんだよ。俺はその犬の後ろをチョロチョロとつきまとって、小さい頃は泣き虫だったから、めそめそしてると心配そうに慰めてくれたりもしてさ……」

——もう泣くなよ、チビ。

ふと唐突に、誰かの声が脳裏に蘇った。

——本当に泣き虫だな、お前。ちょっと転んだくらいでめそめそ泣くなよ、男だろ。パームも心配してるじゃん。ほら、これやるから泣きやめって。お前、この飴好きだよな。

まだ声変わりをしていない幼い声が、困ったように言う。言葉と一緒に、懐かしい映像が一気に蘇った。もふもふの尻尾を振っている大きなアメリカン・エスキモードッグを従えた十歳くらいの少年。彼はポケットから取り出したそれを景の小さな手に握らせる。バナナミルクのキャンディー。

——えぐっ、あ、ありがとう、おにいちゃん！

「あっ」

景は思わず声を上げた。腕の中でわんこがビクッとする。『なになに、どうしたの？』と、丸い目をキョロキョロさせている。

「わんこ……どうしよう。何か俺、すごいことを思い出しちゃったかも」

『あんっ』

見つめ合ったわんこが、『なんかよくわかんないけど、よかったね』と、嬉しそうに尻尾を振ってきた。

玄関ドアを開けて、脱いだ靴はきちんと揃えてから、景は走って台所へ直行した。

「先生！　行平先生！」

転がるように飛び込んできた景を見て、エプロンをつけた行平がギョッとしたように固まった。

「——…何事だ？　入院室で何かあったのか？」

問われて、景はぶんぶんと首を横に振った。

「だったら何だ」

「先生、俺、思い出したんです！」

「は？」

「俺がトリマーになろうと思ったきっかけの、お兄さんとわんこのこと」

景は息を整えながら言った。

「あれって、子どもの頃の先生とパームですよね」

行平が思わずといった風に押し黙った。

「さっき急に思い出したんです。お兄さんが、あの白い犬のことをパームって呼んでたのが頭に浮かんで。俺、小さい頃はよく泣いてたから、先生がいつも慰めてくれたんですよね。俺を泣きやまそうと、飴をくれて。あの飴、バナナミルクでしたもん」

昔から好きな味だったが、はじまりはそこだったのだと、今になって思い当たった。

「全部思い出しましたよ、先生！」

景は興奮気味に言った。「俺に糖分補給だって言って、いつもくれるあの飴。あれもバナナミルク！　あれって俺にヒントをくれてたんですよね？　もー、気づいていたなら何でもっと早く言ってくれなかったんですか！」

「お前がバカなんだよ」

行平に逆ギレされた。

「普通、あれだけ話したらさすがに思い出すだろうが。何が『パームって名前だったんですね、そのわんちゃん』だ。写真を見せても全然気づかないし、あげくの果てには自分が見た犬もこれによく似ていたで終わらせやがった。お前がトリマーになるきっかけを作ったのはパームだぞ。自分の毛を犠牲にしてお前に将来の夢を与えてやったのに、名前も覚えてもらえなかったとはな。俺のフルネームを聞いてもスルーだったしなあ」

「――――！」

景は思わず一歩後退った。

「……で、でも、いつの間にかいなくなっちゃったし」

「いつの間にかじゃねえよ。ちゃんとさよならをした。もともとこっちにいるのは夏休みの間だけだったんだ。お前はいなくなっちゃイヤだって、俺とパームを泣いて引き止めただろうが。パームの毛に鼻水いっぱいつけやがって。あの後、カピカピになって大変だったんだぞ。よくもまあ、綺麗さっぱり忘れられるもんだな」

言いながら、行平がパチンと手に持っていた菜箸《さいばし》を揃えて皿の上に置いた。

「大きくなったらパームの毛を上手に散髪してあげるんだって、お前は言ってたよな？　ちょうど俺がここの病院を継いだ頃に、お前の噂《うわさ》を耳にしたんだ。こんな小さな町だから、おばちゃんたちの相手をしてるといろいろな情報が入ってくる。お前のお祖母《ばあ》さんが亡くなったこともそこで知ったし、お前が実家を出てどこかの大学に通っている話も耳にした。ご近所さんの噂では、お前は四年生大学の外国語学部に通ってることになってたぞ。まあ、あれは子どもの頃の話だし、成長するにつれてやりたいことやなりたいものが変わっても不思議じゃない。ちょっと懐かしく思いつつ、そうなのか程度に聞いていたんだよ」

何か思い出すように唇を引き上げて、「だから」と続けた。

「本当にトリマーになって俺の前に現れた時はびっくりしたぞ。パームはもういないけど、こいつはちゃんと有言実行で頑張ったんだなって感心した。でも話を聞いてみたら、ただの偶然でうちの病院に辿り着いただと？　感動の再会かと思ったのに、想像以上のおバカで呆れたよ。ホント、腹立つノー天気バカだな」

「あ、あの」景は狼狽えた。「本当に悪気は全然なかったんです。だって、保育園児ですよ？　記憶なんてほとんどないですって――」

ドスドスドスと、いきなり行平が前進してきた。景はビクッとして思わず目を瞑る。これは「このバカ」と罵られて、頭をはたかれるいつものも流れだ。

「暴力反対！　人間にも優しく！」

せめてもの抵抗に顔の前で腕を交差させる。すると、ぐっと手首を摑まれ軽く捻られた。まさか、新しいパターンで関節技でもかけられるのか——と怯えたが、手首を返された手にぎゅっと何かを握らされた。

「……？」

恐る恐る目を開ける。結んだ手をゆっくりと開くと、そこには個包装された飴が一つ。バナナミルク味のそれだ。

ハッと顔を上げる。景の視線を掬い取るようにして、行平が言った。

「『これやるから泣きやめよ、チビ』」

「——！」

急速に記憶が幼少期に巻き戻る。それはよくお兄さんが、景を泣きやませるために言っていた魔法の言葉だ。

「さすがにもう、ビービー泣いたりはしないか。あのチビが育ったよな。相変わらずうるさいのは変わらないけど」

「先生の方こそ、全然面影がないじゃないですか……昔はもっと、優しいお兄さんだったのに……」

「おい」と突っ込まれて、やっぱり最後は頭をはたかれた。

「ほら、手洗いうがいをしてこい。メシにするぞ」

「はい！」

パームがすでに他界していたことは悲しかったが、お兄さんの正体が行平だったことに驚かされ、何だか無性に嬉しかった。行平には申し訳ないが、景は例のお兄さんと行平が同一人物だなんて思いつきもしなかったし、くにおか動物病院を訪ねたのも単なる偶然にすぎない。しかし、今考えるとそれも必然だったのではないかと思えてくる。見えない何かに導かれたような、そんな不思議な縁を感じた。

今までの行平の意味深な発言が、これでようやく一本の糸で繋《つな》がった。何で彼らのことを綺麗さっぱり忘れていたのか、我ながら謎《なぞ》だ。

急いで居間に向かうと、座卓にはすでに夕飯の用意が整っていた。行平も座っている。

「すみません、お待たせしました」

行平と向かい合って、いつもの定位置に腰を下ろした。手を合わせて、いただきます。

「——うっ」

さっそく箸を手に取った景は、自分の丼を見て思わず顔を顰めた。ほかほかの白飯の上に苦手な納豆がてんこ盛りになっている。

「せ、先生。これは……」

「俺とパームのことを思い出したご褒美だ。遠慮せずに食べろよ」

行平がにっこりと悪魔のような微笑みを浮かべる。ご褒美どころか拷問じゃないかと心の中で毒づいた。

「おい、目が潤んでるぞ？　もう一個、飴ちゃんをやろうか」

「いっ、いらないですよ！」

にやにやと笑っている行平をキッと睨み付ける。ねばねばと糸を引いている納豆を見て、ごくりと生唾《なまつば》を飲み込んだ。

「……い、いただきます」

横に麦茶のグラスを置き、目を瞑って一気に掻き込もうとしたところに、「冗談だよ」と笑いを堪えたような声が聞こえてきた。ひょいと丼を取り上げられる。

「ほら、お前のはこっち」

自分の前にあった茶碗を渡してくる。何も乗っていないほかほかの白飯だ。

「……もー、意地悪しないでくださいよ」

内心ホッとしながら怒った口調で言うと、行平はにやにやとおかしそうに笑っていた。

「これも食え。俺の自信作」

行平が大皿に盛られたそれを勧めてきた。

「あ、掻き揚げだ。美味しそう！」

香ばしく揚がった掻き揚げにかぶりつくと、たまねぎとコーンの甘味が口いっぱいに広がった。それともう一つ、何か別の食材が入っている。

「これ、何ですか？」

美味しくて、すぐに二つ目にかぶりつきながら訊ねると、行平がにやりと笑って言った。

「納豆」

「え！」

思わず手元と行平を交互に見る。

「全然わからなかっただろ？　納豆は加熱すると粘りや臭《にお》いを抑えられるんだ。甘味の強いたまねぎやコーンと一緒に食べると、苦手な奴でも気にならずに食べられるんじゃないかと思ってな。さすが、面白いくらいに引っかかってくれるよなあ」

「俺、騙《だま》されたんですか」

景は信じられない気持ちで食べかけの掻き揚げを凝視する。確かにこのつぶつぶは先ほどの丼の中にもいた憎きアイツだ。

「……でも、これは美味しいです。全然イケます」

もう一口かぶりつく。納豆だと知っても、味は変わらない。

「先生、本当に料理上手ですね！　言われなかったらわからないですよ。うん、すっごく美味しい！」

「そりゃよかった」

箸を置き、頬杖をついてこちらを見ていた行平が、ふっと嬉しそうに笑った。

「──……」

その笑顔が今まで見たことのないような何とも言えないものだったので、虚を衝《つ》かれた景はなぜかドキッとしてしまう。びっくりしすぎて、箸の隙間から掻き揚げがポトッと皿に落ちた。

「おい、落ちたぞ」

行平に言われて、ハッと我に返った。

「──あっ、ご、ごめんなさい」

「？　何で謝るんだよ。変な奴」

また行平がいつもとは違う雰囲気でおかしそうに笑う。何だか見ているこちらが恥ずかしくなるくらい優しげに微笑むから、びっくりした心臓が急に激しく脈打ち始めた。

あれ、不整脈──…？

「わんこの名前のことだけど」

納豆ごはんを食べながら、行平が唐突に言った。

「え？」

「昼間は俺も感情的になりすぎた。ゆうべ、久しぶりにパームが死んだ時の夢を見てさ。つい、いろいろと重ねてしまって、お前にきつく当たった。悪かったな」

低いが穏やかに話す声を聞きながら、景は胸がざわつくのを感じた。

「パームが死んだ時の夢って……」

思わず訊き返してしまい、すぐに後悔する。慌てて口を閉ざすと、行平が苦笑した。

「パームは、もとは俺の父親がペットショップから買ってきたんだよ。まだ子犬で、目が合ったんだって言ってた。俺はもちろん嬉しかったし、母親もかわいがっていたんだ。その頃は二人ともそこまで仲が悪くなかったから」

唇に自嘲めいた笑みを浮かべる。

「それからいろいろあって、二人とも、もうパームを見向きもしなくなった。少し吼えただけで嫌な顔をしてな。自分がうちに連れてきたくせに、うるさいって怒鳴って。父親と二人で暮らすようになってからは、もうあの人はパームのことなんて頭にないみたいだった。パームが死んだ時だって、『何だ、死んだのか』って、それだけ。もし俺がいなかったら、たぶんパームは捨てられていたか、保健所行きになっていただろうな。そういうのを思い出したから、ちょっとムシャクシャしてたんだよ。完全な八つ当たりだ」

「いえ」と、景はかぶりを振った。

「俺も、無責任にはしゃぎすぎました。反省してます」

「別に、名前をつけるのは悪いことじゃない」

行平が申し訳なさそうに言った。「わんこだって、こんな適当な名前より、ちゃんと考えてつけた名前を呼んでもらった方が嬉しいだろうしな。里親さんが見つかるまで、愛情をもって接するのは当たり前のことだし、名前は愛情表現の一つだから」

「え、じゃあ、わんこに名前をつけてもいいんですか？」

思わず身を乗り出して訊ねると、行平が頷いた。

「いいんじゃないか？」

「あのっ」

景は嬉しくて、さっそく提案した。

「俺、実は考えていた名前があるんです。わんこにぴったりの名前で――」

自信満々に教える。

それを聞いた行平は複雑そうに顔を歪めて、「和菓子屋に並んでそうだな」と、ボソッと呟いた。

5

「豆福《まめふく》！」

『あんあん！』

景が呼ぶと、わんこ——改め、豆福が嬉しそうに尻尾をふりふり駆け寄ってきた。

もうすっかり元気になって、今はケージの外にいる方が多い。散歩もできるようになり、毎日景と一緒に出かけるのが日課になっていた。

不幸な境遇のせいで一時は人間不信になりかけていたが、景をはじめみんなで懸命に世話をしたおかげで、今ではとても人懐っこい子だ。特に景にはよく懐いていて、病院内でも診察時間外はチョロチョロと後ろをついて回っていた。

午後の診察前に待合室の雑誌を整頓している間も、景の傍で行儀よく待っている。

「あっ、今月号の《わんこのきもち》の特集、《わんちゃんに手料理を食べさせたい！》だって。へえ、犬のゴハンを手作りするんだ？　うわっ、見てよ豆福。本格的だよ」

雑誌を見せると、豆福は『きゃんきゃんっ』と、誌面の犬に向かって吼えていた。

「今度、行平先生に作ってもらおうか。え？　俺？　俺は無理だよ。だって、先生に包丁を持つなって怒られたもん」

『くうん？』

「頑張ったんだよ？　頑張ったんだけどさ、何か、俺にはむいてないみたい。いつ指を切るか、見ていてひやひやするって言われた。ちょっと先生、過保護すぎだと思うんだけど」

先日の夕飯を準備していた時の話だ。いつも行平にばかりやらせるのは悪いと思い、手伝わせてもらったのだ。しかし、すぐに包丁を取り上げられてしまった。

豆福が『そうなの？　むいてないなら仕方ないね』と、むき出しのくるぶしをぺろぺろと舐めて『ドンマイ』と励ましてくれる。

「もう、くすぐったいって。あ、そうだ。そういえば昨日、面白い発見をしたんだよ」

『くうん？』

「あのね、ここだけの話なんだけど――行平先生って、ナスが嫌いなんだ」

『かふっ！』

「そうなんだよ。もう聞いてよ。昨日、一緒にスーパーに買い物に行ったんだけどね。あれだけ人に栄養バランスがどうとか、好き嫌いはよくないとかって言ってたくせに、俺が麻婆《マーボー》ナスにしましょうって言ったら、怖い顔して『ナスはダメだ』だって。せっかくカートに入れたナスを返しちゃったんだよ。安かったのに。結局、麻婆豆腐になってさ。まあ、それも美味しかったんだけどね。でも、笑っちゃうよね。ナスが嫌いなんだって。俺、ナス好きー。豆福はどう……って、知らないか。ナスってね、紫色したこんな形の野菜でね……」

ふっと頭上に影が落ちたのはその時だった。

「ナスが何だって？」

「！」『！』

低い声にビクッとして、豆福と揃って振り返る。

「ゆ、行平先生！」『きゃううん！』

怖い顔をした行平がドドーンと背後に立っていて、景と豆福を睨み下ろしていた。

「こんなところでくだらない話をしてる暇があったら、外を掃いてこい。午前中の突風でいろんなものが飛んできてるぞ」

ガラスドアを指差して言われて、景は慌てて立ち上がった。

「はい！　いってきます」『きゃわん！』

素直に従って、駆け足で豆福と一緒に外に出る。

「怒られちゃったね」

『きゃふ』と、おちゃめに首を竦《すく》める豆福に首輪とリードを装着して、景は往来に落ちているレジ袋や紙屑《かみくず》を拾ってゴミ袋に放り込む。

ふと顔を上げると、入り口の掲示板が目に入った。

《不審者に注意！　下着泥棒が多発しています》という、町内会から回ってきた張り紙の隣に、《里親募集》のポスターが貼ってある。景が美樹也と一緒に作ったものだ。何枚も豆福の写真を撮って、一番かわいい一枚を載せた。まだ問い合わせはないが、受付の電話が鳴るたびにひそかにドキドキしている。

「あっ、小早川さん！　豆福！」

聞き覚えのある声がして振り返ると、手を振って駆け寄ってくる美樹也が見えた。今学校が終わったところのようだ。

「美樹也くん。ほら、豆福。美樹也くんだよ」

『あんあん！』

尻尾を振って喜んでいる。美樹也が命の恩人だとわかっているかのように、豆福は彼にもよく懐いていた。

「小早川さん、まだ電話ない？」

豆福を抱き締めながら、美樹也が一瞬不安そうな顔をして訊いてきた。

「うん、まだない」

「そっか」

ホッとしたように笑う。言葉には出さないが、景も同じ気持ちでいるのを自覚する。里親を探しているのに、まだ見つかって欲しくないと思う矛盾。

「もうすぐ夏祭りだよね。小早川さんもお祭りに行く？」

「え、夏祭りがあるの？」

「知らないの？」と、びっくりしたように美樹也が甲高《かんだか》い声を上げた。神社のお祭りだよと教えられて、そういえばそうだったかもと思い出す。しばらくこの町を離れていたので、そんな行事があったこともすっかり忘れていた。

「美樹也くんは行くの？」

「うん、行くよ。パパとママと弟と一緒に。小早川さんは？」

「俺はどうかなあ」

「院長先生と行かないの？」

「え？」

美樹也に訊かれて、景は目をぱちくりとさせた。

「ああ——…そっか。うん、行平先生もお祭り好きかな。誘ってみようかな」

「そうだよ、誘っちゃいなよ」

豆福と遊びながら適当に受け答えする小学生を見つめつつ、景は頭の中で行平と縁日を歩く様子を想像してみる。それもいいかも——と、一人頷いた。


夏祭り当日。

最後の給餌を済ませて一日の仕事を終わらせた景は、診察室でカルテの整理をしている行平を壁の陰からじっと窺っていた。足元では豆福も一緒になって覗き込んでいる。

「おい、さっきから何なんだお前たちは！」

「！」『！』

背中に目がついているのではないかと疑うほど、ノールックで怒鳴られた景と豆福はビクッと文字通り飛び上がった。

回転椅子に座った背中がくるりと向こう側に回って、行平がこちらを睨みつけてくる。

「何か用か？　同じようなのが二人してうろちょろしやがって。目の端に入って仕方ない」

豆福がおろおろと景と行平の間で忙しく目線を動かす。『あんっ』とエールをくれた。

「先生、もうお仕事は終わりましたか？」

「は？　まあ、大体は――……ああ、そういうことか。腹が減ったんだな。メシの催促か」

仕方ないなとばかりに行平が腰を上げる。

景は慌てて首を横に振った。「ち、違いますよ。おなかも減ってますけど、そうじゃなくて、今日は外で一緒に食べませんか？」

「外？　何だよ、外食がしたいって？」

「はい。屋台で食べましょうよ。今日は何の日か知ってます？　夏祭りですよ！」

『あんっ』

前のめりになって目を輝かせる景と尻尾を振る豆福を見て、行平はすべてを悟ったようにため息をついた。

「それで朝からそわそわしていたのか。遠足の前の日の園児みたいだったぞ、お前ら」

「先生、たまには遊びましょうよ。今日は、俺が奢《おご》りますから」

「お前は借金を抱えてるくせに、よくそんな堂々と言えるな」

毒づきながらも、「そういえば、夏祭りなんてここ何年も行ってないな」と呟く。

「今年は行きましょう！　夏ですから」

「それじゃあ、小早川先生に今日はたっぷり奢ってもらうかな。でも豆福は留守番だぞ。人込みの中には連れていけないからな。何が落ちてるかもわからないし」

「はい。それはさっきちゃんと話したもんね」

『くうん……あん！』

ちょっと寂しそうな顔をした豆福が、『わかってるよ。ちゃんとお留守番してるからいってらっしゃい』と、元気に尻尾を振って返した。

「……お前ら、そうやってると本当の兄弟みたいだな。種族を超えて違和感なく会話してるところがお前の凄いところだよ」

感心しているのかバカにしているのかわからないようなことを言って、行平がいそいそとカルテを片付け始める。景と豆福は「やった」と、抱き合って喜んだ。

神社の縁日は盛り上がっていた。

「うわあ、そういえばこんなんだったっけ」

景は懐かしく思いながらキョロキョロと賑やかな風景を眺める。

「おい、転ぶなよ」行平が呆れて言った。「お前は高校卒業まではこの町で育ったんだよな？　それまでは毎年この祭りに来てたのか」

「はい。地元の友達と来てました」

「友達？　彼女じゃないのか？」

「……いいじゃないですか、友達！　どうせ、一緒に行ってくれる女の子なんていなかったですよ。先生は——……いっぱい遊んでそうですよね。女の子とか女の子とか女の子とか」

ジトッと横目に見やると、行平はすいっとそっぽを向いて、「おっ、焼きそばがあるぞ」と話を逸らした。

「ちょっと、先生。何ですか、その不自然な逃げ方は！　あっ、誰も何も突っ込みませんけど、もしかして先生には現在進行形の彼女がいるんじゃ……」

「うるさいな。いたらお前とこんなところにいないだろうが」

「——…まあ、そうですね」景はすぐに納得する。「先生、館林さんが心配してましたよ。顔はかっこいいのにねって」

「おい、どういう意味だよ」

「あっ、チョコバナナもある！　先生、金魚すくいしましょうよ」

「お前は本当に……」

何かを言いかけて、行平がため息に変えた。諦めたように景の後をついてくる。

久しぶりの縁日は思った以上に楽しかった。

行平が金魚すくいで一匹も取れなくて大笑いし、屋台をいろいろ回ろうと焼きそばとタコヤキを半分こにして食べたけれど、結局足りなくてもう一パックずつ追加したり、途中で病院の常連さんにばったり会って挨拶を交わしたり。

チョコバナナを買いに行った行平を待って、人込みを避けて脇に出ると、「あれ？　小早川くん」と呼びかけられた。

「宮坂さん！」

ひらひらと手を振っていたのは宮坂だ。病院で別れて以来一時間ぶりである。

「小早川くんも来てたんだ？」

「はい。宮坂さんも……」

言いかけて、隣にかわいらしい浴衣《ゆかた》姿の女性を見つけた景は目をぱちくりとさせた。宮坂が気づき、照れ臭そうに「彼女」と紹介してくれる。

「小早川くんは、友達と一緒？　確かこっちが地元だもんね」

「あ、行平先生と一緒ですよ」

「え」

にこにこ笑顔の宮坂が一瞬固まった。

「院長先生も来てるの⁉」

「はい。今、あそこでチョコバナナを買ってますよ」

「……へえ……うわあ……院長先生が、チョコバナナ……」

物凄く意外そうな声に、景は首を傾げた。宮坂がハッと我に返って、苦笑する。

「いや、実は一昨年《おととし》に一度誘ったんだけどさ。人込みは苦手だからって断られたんだよ」

「そうなんですか？」

「うん。だから凄く意外。こういうの嫌いなんだと思ってたけど――……小早川くんがうちに来てから、院長先生の意外な一面を見る機会が増えた気がするな。先生自身に壁がなくなったっていうか」

以前は、行平が仕事以外で何をしているのか、プライベートな部分がまったく見えなかったそうだ。オーナーさんの話には真摯《しんし》に耳を傾けて動物の些細《ささい》な変化まで訊き出そうとする一方で、自分のことはほとんど話さない。宮坂も中谷も、行平のことは孤高の秘密主義者だと思っていたらしい。

「いい先生なんだけど、人に対してはあまり心を開いてないっていうか。まあ、動物を相手にしている時ですら、一定距離を保ってるようなところもあるよね。でも、最近はそれが変わってきたかな。小早川くんと一緒にいる時の行平先生って、よく感情を出しているし」

宮坂がちょっと嬉しそうに笑った。

「最初は、新米の小早川くんが院長先生に振り回されているように思えたけど、本当は逆なのかもね。院長先生の方が小早川くんに振り回されてる感じ。先生、変わったよねえ。俺は今の院長先生の方が好きだな。最近の先生は俺たちにも世間話を振ってくれるようになったし。仕事以外の何気ない日常会話って、結構嬉しいもんだよね」

その時、「おい、小早川」と行平の声が聞こえた。

ハッと振り返ると、チョコバナナを二本持った行平が苛立ったような顔をして近寄ってきた。「フラフラするなって言っただろうが。迷子になったかと思ったじゃねーか」

「ちょっと脇に移動しただけですよ。先生、背が高いからすぐ見えるじゃないですか」

くすくすとおかしそうに笑っていた宮坂を見て、行平が一瞬きょとんとした。

「何だ、お前だったのか。俺はまた、お前がヘマをしてタチの悪い野郎に絡まれているのかと思った」

「そんなことしませんよ。あっ、チョコバナナ。ありがとうございます」

「落とすなよ」

「お二人ともすごく仲良しなんですね！」

にこにこしながら宮坂の彼女がのんびりとそんなことを言った。宮坂が彼女の不意打ちにギョッとしたように慌てて、行平は複雑そうに顔を歪める。

「はい、仲良しですよ」

代わりに調子にのって景が答えると、すぐさまペシッと頭をはたかれた。

「痛い！」

その後、宮坂たちと別れて今度は射的の屋台に立ち寄る。

「そういえば、ここのお祭りは花火がないんですよね。花火見たかったな」

「花火？」

そんな話をしていたら、行平が射的で花火セットを撃ち落とした。

「ほら、これで我慢しろ」

「先生、もしかして天才じゃないですか？」

「こんなお遊びで大袈裟《おおげさ》な」

「すごいですよ、だって俺、全然当たらなかったし」

「お前はヘタすぎ」

二人で端から端まで屋台を冷やかして回り、思う存分祭りを楽しんで帰路につく。

「うちの庭でその花火をやっていくか？」

「いいんですか！」

「別に構わないけど」

素っ気無い口調に、景はこくこくと頷き、行平宅の庭で花火大会をすることになった。

豆福も連れてきて、一緒に手持ち花火を楽しむ。色とりどりの火花を見ながら、豆福は少し驚いたようにキョトキョトし、すぐに慣れてきゃんきゃんとはしゃいでいた。

行平も縁側に座って花火を持ちながら、「夏だな」としみじみ呟いている。

花火越しにチラッと眺めると、行平の横顔に光が反射して綺麗な陰影が浮かび上がっていた。ふと宮坂の声が蘇る。

――小早川くんがうちに来てから、院長先生の意外な一面を見る機会が増えた気がするな。先生自身に壁がなくなったっていうか。

何となくだが、行平が人と一線を引いて接しているのは、彼の家族やパームのことが関係しているのではないかと考える。だが、景との接触で、その近寄れない壁のようなものが少しずつ崩れてきているのだとしたら、それはいいことだと思った。

行平が景に対してだけ心の窓口を広げるのは、昔、この町でパームと一緒に出会っているからだ。景がそうだったように、行平の人生にもまた当時のあの出会いが少なからず影響を及ぼしていると聞いて、単純に嬉しかった。

――最初は、新米の小早川くんが院長先生に振り回されているように思えたけど、本当は逆なのかもね。院長先生の方が小早川くんに振り回されてる感じ。先生、変わったよねえ。

俺は今の院長先生の方が好きだな。

以前の行平がどうだったのかは知らないが、景も現在の行平のことが好きだ。口は悪いけ

ど腕は一流。尊敬しているし、自分もああなりたいと憧れる存在。病気で苦しんでいる動物を助ける姿はかっこよく、、どんな時でも冷静に対処する心の強さを見習いたいと思う。

もっともっと頑張って、行平に認められたい――。

「おい、最後に線香花火するぞ」

行平がこいこいと手招きをした。豆福と一緒に駆け寄る。

「お前ら、本当にそっくりだな」

プッと吹き出した行平がおかしそうに声を上げて笑った。そんな珍しい姿を目の当《ま》たりにした途端、どういうわけか景の心臓がきゅんと高鳴った。

「っ、――……？」

「おい、どうした？」

行平が線香花火を渡してきた。「ほら、お前の分。先に落ちた方がコンビニでアイスを買ってくること」

我に返った景は内心ドキドキしながら、挑戦を受けて立つ。

「よっ、よし！　絶対に負けませんよ」

『あんっ！』

五分後、景はコンビニへ向かって夜道をダッシュしていた。

6

くにおか動物病院の休診日は毎週木曜だ。

その週の木曜日、景は専門学校の卒業式以来、久しぶりにスーツを着こんで行平とある建物の中にいた。

二年前に新設された地元の動物専門学校である。

——おい。今度の木曜、空いてるか？

そう行平に問われたのは、二日前のことだった。何も考えずに「はい」と返事をしたら、勝手に予定を組まれてしまったのだ。

獣医師の行平に、看護師科での特別講師の依頼がきたと知ったのは、その時だ。もちろん、行平本人には何ヶ月も前に先方から依頼の電話があり、景以外の二人も知っていた。これまでにも何度か行平は専門学校へ出向いているらしい。

景にはこの男が教鞭《きょうべん》を取る様子が想像できなかったが、毎回彼の講習は学生に好評で、定期的に呼ばれるのだそうだ。

その補佐として景が指名されたのである。

休日出勤なので特別手当が出るし、しかも昼食は豪華弁当が付いてくると言われて、二つ返事で引き受けた。

「講習って、何をするんですか?」

隣を歩く行平も、今日はスーツ着用だ。いつものスクラブではない初めて見る姿は、同じ男でもちょっと見惚れてしまうくらい格好よかった。一方の景は、待ち合わせ場所で顔を合わせて早々、「七五三かよ」と、行平に大笑いされてしまった。

廊下を歩きながら、行平が答えた。

「講演会みたいなもんだな。動物病院で働く看護師とは――みたいなことを喋《しゃべ》るんだよ。最近のペット事情とか、現場の生の声を聞いてグループ討論をしたり。お前も専門学校通ってたんだろ？　外部の人間を呼んで特別講習とかなかったのか」

「ああ、そういえばありましたね。トリミングコンテストで優勝した人が来て、実際にカットを見せてもらったりしました」

「まあ、そんな感じだな。動物看護師は病院での実習もあるし、現役の獣医師に質問みたいなコーナーまであるんだよ。あれが一番苦手だ」

憂鬱《ゆううつ》そうに天井を仰ぐ。そう言いながらも断らないところに、未来の動物看護師を育てるために協力したいという彼の本音が垣間見えた。こんな凄い先生のもとで働ける機会をみすみす手離した元くにおか動物病院の看護師やトリマーは、本当にもったいないことをしたなと思ってしまう。

でもそのおかげで、景は今ここで雇ってもらっているので、感謝すべきなのだろうか。

広々とした大講義室に案内されて、景は行平と一緒に講義で使用する映像や資料の準備を始める。補佐といっても、これまで景がしたのはコピーぐらいだ。他の講義材料は全て行平が事前に準備していたものである。

一旦、控え室に戻って、豪華弁当をいただく。

他に人の目がないので遠慮なくぱくついていると、呆れていた行平が「休日につき合わせた礼だ」と、エビの天ぷらをくれた。

学科の担当講師がやってきて、しばらく行平と打ち合わせや雑談を交わし、時間になったので講義室へ移動する。

「緊張しますね」

「何でお前が緊張するんだよ」

拳でこつんと小突かれた。

講習が始まってしまうと、景にはもうやることがない。

学生の邪魔にならない前列の一番端に座り、見学に回った。

行平が壇上に立つと、それまで騒がしかった学生たちがシンと静まり返った。背後から「国岡先生だ」と、語尾にハートマークが付いていそうな女の子の小声が聞こえてくる。

行平がいろいろな意味で人気があるという話もわかる気がした。

彼の講義は大変面白く、景もつい学生気分に戻ってメモを取り出し、カリカリとペンを走らせる。学生たちに混ざって本気の聴講になってしまった。

講習が終わり、片付けを手伝いながら景は言った。

「先生、とても勉強になりました」

「……お前が勉強してどうするんだよ。あの中の誰よりもお前が一番前のめりになって俺の話を聞いてたぞ。熱心にメモまで取ってただろ。何やってんだか」

行平が興奮気味の景を呆れ返った目で見てきた。

「ちゃんと学生たちの質問にも答えてたじゃないですか」

「当たり前だろうが。俺を何だと思ってんだ」

バインダーで軽く頭をはたかれて、景は首を竦める。

教壇に立つ行平は、病院で見る彼とはまた別の人のように見えて新鮮だった。更に、いつもは見慣れないスーツ姿が行平の長軀《ちょうく》をますます際立たせて本当にかっこよかったのだ。

――そりゃ、女の子たちもきゃあきゃあ言うよな……。

講義終了後、あちこちから行平のルックスに関する話題が景の耳には飛び込んできたのである。やれ、かっこいいだの、やれ、彼女はいるのかなだの。まったく講義とは関係のない話で一部の女子学生たちは盛り上がっていた。

確かに行平はかっこいい。それは補佐の自分が保証する。だが、注目すべき点は外見だけじゃないだろうと思うと納得がいかない。行平は未来の動物看護師たちに向けて、いろいろとためになる話をしてくれていたのに……。

「おい、どうした。難しい顔をして。トイレか？」

前を歩いていた学科主任が振り返って、「トイレならすぐそこですよ」と教えてくれる。

「ち、違います」と慌てて首を振って、隣の行平を睨みつけた。「もー、変なこと言わないでくださいよ。この後は何かあるんですか？」

「学長室に寄って、少し話をして終わりだろうな」

その時、「国岡先生」と背後から呼び止められた。行平と一緒に景も振り返る。

女性が立っていた。学生だろうか。十九、二十歳の子が多い中で、少し年嵩《としかさ》のように見える。景よりも年上かもしれない。二十代半ばぐらい。

黒髪のボブにフレームレスの眼鏡《めがね》をかけて、落ち着いた印象の彼女は行平に向けて会釈《えしゃく》してみせた。

「ああ、広瀬《ひろせ》さん」と、行平が言った。学科主任に先に行ってもらうよう伝える。

「先生、お知り合いですか？」

思わず訊ねると、行平が頷いて答えた。「以前、うちに通っていた猫のオーナーさんだ」

「そうなんですか！」

広瀬が景にも会釈して寄越す。

「こちらの方も先生ですか？」

「いや」行平が首を横に振った。「獣医師ではないんだ。小早川はうちのトリマーさん」

「トリマーさん……失礼しました。広瀬です。ここの看護師科の学生です」

「あ、小早川です。くにおか動物病院のトリマーをやらせてもらってます」

慌てて挨拶を交わす。

「トリマーさんが代わられたんですね」

広瀬の言葉に行平が「ああ」と頷いた。「広瀬さんが通っていたのは二年前だからな。実はその後にもう一人、入って辞めてるんだよ。なかなか居つかなくて困ってたんだが、今度のトリマーさんは大丈夫だから」

行平がポンッと景の肩に手をのせた。

「そうですか。小早川先生、よろしくお願いします」

「え？　あ、はい。よろしくお願いします」

思わず頭を下げ合って、「それでは、失礼します」と丁寧に挨拶をした広瀬は、踵《きびす》を返して颯爽《さっそう》と去っていった。

「うちの患畜さんだったんですね」

「ああ、もう飼い猫は亡くなったんだけどな」

びっくりして隣を向くと、行平が僅かに遠い目をして言った。「交通事故に遭《あ》って、あの猫も必死に頑張ったんだが結局ダメだった。入院している間、彼女も仕事帰りに毎日病院に寄って一生懸命に励ましていたんだけどな」

「そう、だったんですか……」

「まあ、あれがきっかけで、彼女は当時勤めていた会社を辞めて、動物看護師を目指し始めたんだ。いろいろと相談されたから、俺もアドバイス程度のことはしたけど。頑張っているみたいだな」

長い廊下の向こうに小さく見える彼女の後ろ姿を捉《とら》えて、行平が嬉しそうに微笑む。

ふと、彼の声が脳裏に蘇った。

――やる気があるヤツは好きだ。わからないことがあったら遠慮なく訊け。俺がきちんと責任をもって教えてやるから。

ハッと気づく。――そうか、あれは何も自分だけの話ではない。条件に当てはまれば、行平は誰に対してもそういう態度で向き合ってくれるのだ。

なぜか一瞬、胸がもやっとした。

「あ、そういえば」景は気を取り直して言った。「俺はさっき、何を広瀬さんにお願いされたんですかね」

ただの社交辞令かもしれないが、ちょっと引っかかったのだ。

「実習の話だろ」

「実習？」

「……あれ？」

行平が首を捻った。「お前に話してなかったっけ？　来月にうちで実習生を一人受け入れる話」

「聞いてないですよ！」

びっくりすると、行平はおかしいなと腕を組み、「宮坂と中谷さんには話したはずだから、てっきりお前にも伝えたと思ってた」と悪びれた様子もなく答えた。

「悪かったよ。とりあえずまあ、そういう話だ。彼女がその実習生だから。よかったじゃないか、事前に挨拶ができて」

「知ってたらもっとちゃんと挨拶をしてました！　もー、しっかりしてくださいよ。三人しかいないのに俺だけ忘れられるなんて……『報《ホウ》告・連《レン》絡・相《ソウ》談』は大事ですよ！」

「悪かったって。お前とはいつも一緒にいるから、話した気になってたんだよ」

行平の言葉に、景はピクッと反応する。

「……今後は気をつけてくださいね」

「はいはい」と、行平の手が景の頭をぽんぽんとした。「よし、行くぞ。学長室ってどこだったっけな」

歩き出した彼から半歩遅れて景もついていく。頭の中で行平の言葉を反芻した。お前とはいつも一緒にいるから――その部分だけが何度も繰り返し回っている。おもわず顔がにやけてしまうのが自分でもわかった。何だかよくわからないが、行平にそう言ってもらえて無性に嬉しくなる。実習生の連絡を一人だけ忘れられていた怒りも一瞬でパッと霧散する。

「……いつも一緒」

「あ？」

行平が怪訝そうに振り返った。「何か言ったか？」

景は慌てて首を左右に振る。ニヤニヤと弛む口元はこらえがきかず、行平の後ろから俯きがちについてゆく。

しかし、ふわふわと床から靴底が数センチ浮いているような舞い上がった気分は、一本の電話で簡単に吹き飛んでしまった。

行平の携帯電話に宮坂から掛かってきたそれは、豆福の里親募集についての問い合わせがあったという連絡だった。

――まだ、はっきりとはわからないんですけど、犬を飼おうかどうか悩んでいるそうなんです。ちょうどうちの常連さんから豆福の話を聞いたらしくて、それで俺のところに詳しい話が聞きたいと連絡がきて……。

里親候補の男性は、宮坂の知り合いだそうだ。今日は休診日なので、その男性は明日改めて病院の方へ電話をかけると言っていたらしい。

仕事を終えて、行平の運転で専門学校から彼の自宅へ戻る間、景はずっと気分が沈んだままだった。

古い日本家屋の引き戸を開けると、音に反応して奥の部屋から『きゃんきゃん！』と声が聞こえてきた。

勝手知ったる行平の家なので、景はまっすぐその部屋へ急ぐ。

ドアを開けると、広めに設置されたサークルの中で豆福が尻尾を振って飛び跳ねていた。健康そのものの彼をケージに閉じ込めておくわけにはいかず、今は行平の家に置いてもらっているのだ。

「豆福！」

景に気づいた豆福が『あんあん！』と、嬉しそうに鳴いた。『おかえりなさい！　早く遊ぼうよ』と、サークルの小さな穴に尖った鼻を押し付けるようにして景を迎えてくれる。

すぐさま抱き上げて、よしよしと頬擦《ほおず》りした。

「ただいま、豆福。いい子にしてた？」

『あん！』

つぶらな瞳と見つめ合って、ふとよくない感情が込み上げてくる。

どうしよう、豆福を渡したくない――。

思わずぎゅっと抱き締めると、腕の中で『くうん？』と彼が首を傾げた。

「おい、あんまりきつく抱き締めるな。苦しがってるぞ」

「――！」

行平の声で現実に引き戻された。ハッと腕の力を抜いて見下ろすと、豆福が心配そうに景を見上げてくる。異変を悟ったのか、『どうしたの？』とつやつやした丸い目が問いかけてきた。

「あ、ごめん」景は急いで笑みを作って首を振った。「何でもないよ。ちょっと強く抱き締めちゃったな。苦しかったよね、ごめん」

豆福の頭をよしよしと撫でる。

「もう夕方だし、今日は涼しい風が吹いてたよ。散歩に行こうか」

『あんっ！』

景はリードを持って、「散歩に行ってきます」と行平に伝えた。入り口に立っていた彼と擦れ違い際、

「いつかはこうなるって、最初からわかっていただろうが」

低い声に言われて、景はビクッと足を止めた。俯いて、ぎゅっと唇を噛み締める。

「……散歩、行ってきます」

「あまり連れ回してそいつを疲れさせるなよ。遅くならないようにな」

淡々とした口調に、わけのわからない憤りを覚える。景は返事の代わりに小さく頷くと、豆福と一緒に外へ出た。

「……はあ」

いつもの散歩コースを歩きながら、景は数え切れないほどのため息を零した。

てくてくとかわいいお尻を振りながら歩く豆福を見つめて、いっそこの子を連れて遠くへ逃げてしまおうかとまで考えてしまう。

現実にはそんなことができるわけもなく、やりきれない思いをため息にして吐き出した。

「優しい里親さんだといいな、豆福」

豆福は鼻をヒクヒクさせながら、往来の匂いを嗅ぎつつ進んでいく。

宮坂の知人だというその男性は、数年前まで柴犬を飼っていたらしい。老衰死した愛犬をきちんと看取《みと》った彼は、犬の扱いにも慣れているし、いい飼い主だと宮坂も言っていた。

豆福が幸せになるのなら、それが一番だ。

そう頭では考えるのに、心はまったく別のことを思っている。

もうこんなふうに一緒に散歩ができなくなるのだと思うと、辛《つら》い。豆福との思い出が走馬灯のように脳裏をめぐり始めた。出会ってまだたった一ヶ月ほどだ。それなのに、ずっと一緒だったかのように、豆福はもう景の家族だった。情が湧きすぎて、離れられない。

『ううっ』

その時、豆福がふいに唸って足を止めた。

「豆福？　どうしたの」

『うう……っ』

顔を真っ直ぐ上げて、何かを凝視している。景もすぐさま彼の視線を辿った。

住宅地の往来に、黒い上下姿の男が立っている。帽子とサングラスまで装着しているその男は中肉中背で、年齢はわからなかった。

真夏に全身黒尽くめの格好だけで違和感が漂っているのに、その男はズボンのポケットに手を突っ込み、じっと民家の庭先を眺めている。ちょうど電柱の陰にいるせいか、こちらに気づく様子はない。

狭い道に人通りはなかった。

この辺りは戸建てが多く、昔ながらの日本家屋も新築も入り混じっている場所だ。その中にある、四つ角の手前のまだ新しい二階建て住宅。

男は一体あの場所で何をしているのだろうか。

豆福は人懐っこい彼にしては珍しく目を吊り上げて唸り続けている。嫌な予感がする。

男がふと動いた。

門扉《もんぴ》を開けて、ふらりと民家に入っていく。

思わず豆福と顔を見合わせた。アイコンタクトを交わし、小走りで男が消えた門扉の前までやってくる。低い柵越しに、庭が見えた。同時に男の姿も捉える。

男が立っているのは、洗濯物が干してある物干し竿《ざお》の前だ。住人は留守なのか、窓はカーテンが閉まっている。

「……もしかして」

頭を過《よ》ぎったのは、豆福の里親募集のポスターが貼ってある掲示板。

《不審者に注意！　下着泥棒が多発しています》

次の瞬間、男が洗濯バサミに挟んであった女性物の下着を素早く手に取った。

「あっ」

景は確信する。

「下着泥棒！」

叫んだ途端、男がビクッと振り返った。サングラス越しに目が合って、男がチッと舌打ちをして走り出す。予想以上の運動能力で柵を乗り越えると、角を曲がった向こう側の往来へ飛び下りた。

「待て、下着泥棒！」

それが合図だったかのように、豆福が吼えてスタートを切った。景も全力で走る。

もうここはくにおか動物病院の近所だ。頭の中に周辺の地図が浮かぶ。

奇《く》しくも男は病院の方角へ向かって走っていく。

病院が見えてくる。

人影が視界に入った。

何て偶然——行平がちょうど往来へ出てきたところだった。景たちに気づき、「おい、遅いぞ」と怒ったような口調で言う。

「先生、そいつを捕まえて！　下着泥棒です」

「は？」と、顔を顰めた行平の横を、男が猛スピードで駆け抜けていく。『きゃんきゃん！』と激しく吼えた豆福が、景の手を振り切り、リードをなびかせながら目を瞠る速さで男を追い駆ける。すぐに行平を追い抜き、男に迫る。通りかかった原付バイクに一瞬怯んだ男に、すかさず豆福が飛び掛かった。ものの数秒の出来事だ。

「うわああっ、クソッ、離せ！」

足に噛みついた豆福を、男が振り払うようにして叩き落とした。『きゃうっ』豆福がボールのように一度地面にバウンドして転がる。

「豆福！」

景と行平の悲鳴が重なった。

「ひとんちの子に何しやがる！」

次の瞬間、鬼の形相《ぎょうそう》をした行平の長い足が男を蹴り飛ばした。腹部に強烈な蹴りを食らった男はくの字に折れ曲がって地面に仰向けに倒れる。ズボンのポケットから飛び出したピンクと白の下着がひらひらと宙に舞った。

「豆福！　大丈夫か」

青褪めて駆け寄ると、抱き上げた豆福はケロッとしたように『あん！』と元気に鳴いた。無事を確認して、ホッと胸を撫で下ろす。

「先生、大丈夫ですか？」

「ああ、俺はな。こっちは知らねえけど」

白目を剝《む》いて気絶している男を一瞥《いちべつ》して、行平が携帯電話を取り出し警察に通報する。

町内を騒がせた下着泥棒はパトカーに乗せられ連行されていった。

景と行平も事情聴取を受けて、さっそくその日のローカルニュースで犯人が捕まったことが報道された。

犯人は四十代の無職の男で、アパートの押入れから段ボールいっぱいの女性用下着が押収されたという。盗まれたピンクと白の下着の持ち主は若い既婚女性で、朝洗濯物を干してそのまま出勤したらしい。下着泥棒の噂は聞いていたが、あまり気にしなかったと話して、警察から注意を受けたそうだ——と、情報通のオーナーさんから聞いた。

そして、これが一番びっくりしたことだが、なんと今回の件で、豆福に警察署から感謝状が贈られたのである。

豆福は一躍町のスターになった。

テレビ取材まで受けて、しばらく豆福フィーバーでくにおか動物病院も大騒ぎだった。

事が事なだけに、豆福の里親の件は一旦保留となった。

宮坂から里親候補の男性に話を通してくれたそうだが、実はその前に、行平から連絡があったのだという。それは下着泥棒騒動が起こるよりも前の話で、どうやら景が豆福と散歩に出かけた直後のことらしい。一度白紙に戻させてくれと行平に頼まれたのだと、宮坂経由で聞かされて、景は心の底からびっくりしたのだった。

気がついた時には、掲示板の里親募集のポスターもなくなっていた。きっと行平が剝がしたのだろう。

「先生！」

景は豆福と並んで座り、居間で寛《くつろ》いでいた行平の前で正座をした。

怪訝そうに見てくる行平に向けて、頭を下げる。

「お願いです。豆福をここに置いてください」

『あわんっ』

「こいつ、すごい犬なんです。警察から感謝状までもらったんですよ？　うちの病院にとっても幸運の豆福なんです。だって、ココマチクリニックに流れたみなさんも、またうちに戻ってきたし、新規の方も増えたし。これも豆福フィーバーのおかげです。な、豆福」

『あんあんっ』

目を眇めた行平が、ぼそっと「患畜が増えるのは、獣医として複雑だけどな」と言った。

景は更に畳み掛ける。

「豆福をうちの看板犬にしましょうよ！　こんなに騒がれているのに、もう里親募集なんてかけられないですよね？　豆福を手離しちゃダメですよ。この病院から福が逃げていきますよ！」

「お前、さらっと不吉なことを……」

「餌代とかは、俺の給料から引いてください。俺、あんなに生活費はいらないですから。欲しい物もないですし。というか、先生に食費を払わないといけないくらいです。毎日ここに入り浸ってるんで。だから、豆福の世話は今まで通り俺がやります。お願いします」

飼おうと思えば、景の実家に引き取ることも可能だった。でも、ここがいいのだ。豆福も気に入っているし、何より景自身が自分と行平と豆福と、二人と一匹をセットにしておきたいのだと思う。わがままなお願いだとわかっているけど、それが一番しっくりくるのだ。

泥棒に向けて叫んだ行平の怒号が蘇る。――ひとんちの子に何しやがる！　咄嗟に出たのだろうあの言葉が、景はすごく嬉しかった。

「お願いします、行平先生！」

『くうん、くうん』

短い沈黙を挟み、行平がため息をついた。

「――…わかったよ」

「本当ですか！」

下げた頭を撥ね上げて、景は身を乗り出した。

「ああ」

行平がバツの悪そうな顔をして言った。「どうせそうなるんじゃないかって、薄々思ってたしな。お前と豆福を引き離したら一生恨まれそうだ」

「ありがとうございます！　豆福、先生がここに居てもいいって。よかったな」

『あんあん！』

ちぎれるほど尻尾を振っている豆福を抱き締めて、熱い抱擁を交わす。行平が呆れたような眼差しを投げかけながら、ふと思い出したように言った。

「そういえば――子どもの頃のお前、犬になりたいって言ってたよな」

「えっ」

景は目をぱちくりとさせた。「そんなこと言ってませんよ」

「いや、確かに言ってた。親父が迎えに来て、俺が帰るからってお前にさよならした時、泣きながら俺の家の犬になりたいって騒いだんだよ。そうそう……」

行平が思い出し笑いをする。「それで、何でだか知らないけど、犬になって俺んちに置いてもらうために俺と結婚するって言い出したんだ。お兄ちゃんのお嫁さんになって、わんわんにもなって、ずっと一緒にいる——って。なあ、あれってどういう意味？」

「⁉」

まったく身に覚えのない昔話を持ち出されて、景は狼狽えた。

「し、知らないですよ。だって俺、そんなこと言った記憶がないし」

「へえ、俺はてっきりプロポーズされたもんだと思ってたんだけど」

「なっ、何言ってるんですか！　ねえ、豆福。先生が変なこと言ってくるよ」

『あう？』

豆福が困ったように首を傾げた。行平がプッと笑う。

「お前の方が変だってさ。なあ、豆福。言ってやれ、素直になれよって。俺のお嫁さんになりたいんだろ？　せっかくだから豆福と一緒にお前も嫁いでくるか。古い家だから部屋はたくさんあるぞ。それとも嫁だから、俺と一緒の布団で寝ればいいか。どう思う、豆福」

『あうん、あんっ！』

「一緒に寝ろってさ」

「言ってないですよ！」

ブンブンと顔を横に振る。揶揄われているのだとわかっているのに、首から熱がカッカと上ってきて、顔から湯気が立ち昇ってそうだった。

行平がおかしそうに肩を震わせ始める。

「プッ、顔が真っ赤。鼻水垂れ流した泣き顔も相当ぶさいくだったけど、赤面もぶちゃいくだな」

「――――！」

「そんなに照れられると本気にするぞ。なあ、豆福。そうしたら、お前は俺とこいつの子どもになるか」

『あんっ！』

「ちょ、ちょっと先生、いい加減にしてくださいよ！　もー、豆福まで俺のこと揶揄って！」

行平がニヤニヤしながら景の手から豆福を引き取る。

「揶揄ってないよな、豆福。俺たち本気だもんな」

『あんあんっ！』

「先生！　豆福！」

叫びながら、景はますます顔が赤らんでいくのが自分でもわかった。

7

「ねえ、小早川《こばやかわ》先生。若先生は最近何かいいことでもあったの？」

気持ち良さそうにドライヤーの風を浴びているぷに子《こ》を微笑《ほほえ》ましげに眺めながら、ふと館《たて》林《ばやし》が言った。

「え？　行平《ゆきひら》先生がですか？」

景は首を傾《かし》げる。「どうですかねえ？　特に何かがあったとは聞いてませんけど」

「あらそう？」館林も小首を傾げた。「若先生、何だかウキウキしていない？」

「ウキウキ……？」

およそ行平には似合わない表現に、景《けい》は戸惑った。そんなふうに見えるだろうか？　先ほど顔を合わせた時のことを思い出してみたが、いつも通り口が悪かった。

――最近、ぷに子に似てきたな。この辺の肉付きが……。

頬《ほお》を軽くつねられて、「ぶちゃいく」と笑われたのである。自分がせっせと景を餌《え》付《づ》けしたせいなのに、失礼な話だ。おかげで景の体重は、もとの五十五キロに戻っただけでなく、更《さら》に一キロオーバーしてしまった。

「もしかしたら、豆福《まめふく》が正式にうちの看板犬になったからかもしれません。ね、豆福」

『あんっ！』

トリミング室で行儀よくぷに子のシャンプーを見学していた豆福は、そわそわと傍《そば》によってきた。豆福もシャンプーが大好きだが、特にドライヤーの風を気に入っている。ぷに子と並べて一緒に風を当ててやると、至福の表情を浮かべた。ぷに子が豆福をチラッと横目で見て、すりすりと頬擦《ほおず》りをし始める。豆福はびっくりしたみたいにぶるっと震えて体を強張《こわば》らせた。これもいつもの風景だ。

ぷに子は豆福がお気に入りだ。一日会ったその日から、『この愛《う》い奴め』と、まるで弟を溺愛するみたいにかわいがっている。豆福も最初の頃は積極的なお姉様にビクビクと怯《おび》えていたが、今はもう慣れたらしい。ぷに子の激しい頬擦りを『もー、くすぐったいってばー』と、嬉《うれ》しそうに受け止めていた。

「豆福ちゃんと言えば、下着泥棒を捕まえたの、若先生と小早川先生だったんですってね。豆福ちゃんと小早川先生が挟み撃ちにして、最後は若先生が投げ飛ばしたって」

いろいろな噂《うわさ》が流れて、二人と一匹の泥棒逮捕劇は尾ひれ背びれ、胸びれまでくっついて広がってしまった。

「俺は何もしてないですよ。犯行現場を目撃したんで、豆福と追い駆けていたらちょうど行平先生がいたんです。俺なんて途中で力尽きちゃって先生にバトンタッチしたんで、捕まえたのは豆福と行平先生ですね。……投げ飛ばしたんじゃなくて、蹴り飛ばしたんだけど」

「へえ、見事なチームプレーねえ」

館林が感心した。「それにしても、小早川先生は若先生にくっついてレベルアップしたわよねえ。初めて見た時はまだ学生さんみたいでぽやんとして見えたから、心配だったのよ。でも、すっかり逞《たくま》しくなっちゃって。若先生に扱《しご》かれて、今では小早川先生の方が若先生を手懐《てなず》けちゃってるみたい。あの若先生が、小早川先生には押し切られちゃう感じだもの」

「ええっ、そんなことないですよお」

景は口で否定しながら、内心調子にのって頭を掻《か》く。「俺なんて、まだまだ全然ですって。でも最近は、行平先生に『頼んだ』って言われることが多くて……」

「あら、それって信頼されているのよ。小早川先生のことを認めてるの。よかったわねえ」

「やっぱり、館林さんもそう思います？　俺、ゆくゆくは行平先生の右腕的な存在になれたりして……」

「何、寝ぼけたことを言ってるんだ」

パコッと頭がはたかれた。「痛っ」と振り返ると、カルテを持った行平が立っていた。呆《あき》れたような顔をしている。

「館林さん、こんにちは」行平が彼女に挨拶《あいさつ》をしてから景に向き直った。「ほら、皮膚病患畜のカルテだ。オーナーさんにもシャンプーの仕方を説明してやってくれ」

「はい。わかりました」

「ぷに子、今日も美人に仕上げてもらったな」

『ぷにゃっ』

行平に褒められて、ぷに子がニヤッと笑う。豆福も撫《な》でてやり、診察室に戻っていった。

「やっぱり、若先生は変わったわねえ」

館林が嬉しそうに言った。

「あんな若先生は初めて見るわ。昔から笑顔は見せてくれていたけど、ほら、営業スマイルっていうの？　大先生の跡を継いで、いろいろとプレッシャーもあっただろうし、いつもどこかピリピリしていて隙《すき》がない人だったから。いい感じに力が抜けたっていうのかしら。小早川先生のおかげよ」

これからも頑張って！　と励まされれば、景は有頂天になって「はい」と答える。

おだてられて景の調子はうなぎ上りだ。

しかし、調子にのったのも束の間、未来の行平の右腕候補を脅かす強敵が現れた。

「広瀬早和《ひろせさわ》です。今日から二週間、一生懸命頑張りますのでよろしくお願い致します」

実習期間が始まり、くにおか動物病院に専門学校の学生がやってきた。先日の講習会でも出会った、例の彼女だ。

二年前に患畜のオーナーとして病院に出入りしていた広瀬は、宮坂《みやさか》と中谷《なかたに》とはすでに顔見知りだった。

「早和ちゃんがうちに来るの待ってたのよ」

「あれからもう二年も経《た》ったのか。まさか今度は看護師の実習生としてここに来るとはね」

宮坂たちも嬉しそうだ。

「小早川先生、先日は失礼しました」

広瀬が景に向けて会釈《えしゃく》をしてきた。

「あ、いいえ。こちらこそ、あの時は実習のことを知らされていなくて、きちんと挨拶ができずにすみませんでした」

慌てて言うと、広瀬が一瞬きょとんとしてみせた。

「ああ、そうだったんですね。では、改めまして。よろしくお願いします」

「こちらこそ、よろしくお願いします」

広瀬は四年制大学を卒業後、一度社会に出て会社勤めを経験しており、現在は二十五歳。去年、会社を辞めて専門学校に入り直した動物看護師志望の学生だ。なので、実習生ではあるものの、景より三つ年上になる。

さっそく広瀬は行平の指示で診察室に入り、補助を任されていた。

学校で見かけた時の清楚《せいそ》な黒髪ボブは、今は邪魔《じゃま》にならないようヘアゴムで纏《まと》めていて、縁なし眼鏡と合わせると一層真面目に見える。実習生というよりも、ベテランの雰囲気だ。

見た目だけではなく、彼女は中身も凄《すご》かった。

何があってもそこらへんの女の子みたいに「キャーッ」と、甲高《かんだか》い声を上げて騒ぐわけでもなく、常に淡々と目の前の作業をこなしていく。

率直に言って、そつがないとてもできるタイプだ。

行平に褒められても、すぐ調子にのる景とは正反対で、「ありがとうございます」と冷静に対処する。

毎日のように怒られていた数ヶ月前の自分が恥ずかしくなるほど、彼女は最初から手際がよく、言われたことは難なくスムーズにこなしていた。宮坂や中谷もその働きぶりには「頼りになるなあ」「実習生とは思えないわね」と、太鼓判を押している。

景はひそかに嫉妬《しっと》していた。

「……負けてる。完全に俺、負けちゃってるよ」

診察時間終了後も、行平と広瀬は診察室にこもって、何やら難しい本を開きながら話している。

最近は行平が熱心な彼女に付き合って遅くまで勉強しているので、景との反省会はほぼ休止状態だった。それまでがマンツーマンでみっちりと教えてもらっていたので、もう今は単なる楽しい夕食のひとときになっているのだけれど、それさえも難しい日々が続いている。

いつもは行平の方が先に自宅へ引き上げるのだが、この頃は景が気を利《き》かせて早く上がるようにしていた。

朝はいつも通り行平と食卓を囲むが、夜は豆福にゴハンを食べさせて、景はそのまま帰宅することも少なくない。疲れているのに二人分の食事を作らせるのも悪いと思ったからだ。

行平のために自分が美味《おい》しいゴハンを作れたらよかったのだが、一度挑戦して世にも奇妙な物体が出来上がったので、豆福と相談してなかったことにした。こっそり持ち帰ったハンバーグは驚くほど不味《まず》かった。何だかいろいろと情けなくて、一人で落ち込んでしまう。

広瀬の指導をするのは、獣医師である行平の役目だ。実習生を引き受けた以上、限られた時間でできるだけの経験を積ませてやりたいと思うのは、責任者として当然のことだ。

それはいい。根がポジティブな景が珍しく焦りを覚えているのは、広瀬ができすぎて、自分の役目まで取られてしまうのではないかということだった。

彼女は本当に器用なので、今日も皮膚病治療に訪れた猫の患部の毛を難なくバリカンで刈ってしまったのである。

——こんな感じで大丈夫ですか？

——あ、うん。とても綺麗《きれい》に剃毛できていると思います。

——そうですか。ありがとうございました。それでは、患畜を診察室へ連れていきます。

そんな感じで、いつもは景が動物を行平の待つ診察室へ運ぶのだが、それも含めて全部彼女がやってしまった。今まで景が入っていた治療の補助にも当然のように彼女が入る。よく気が利き、行平の隣に立っていても全然違和感がない。

景も対抗心を燃やして頑張ったが、今のところほぼ空《から》回りで終わっている。

「豆福。今日も俺は広瀬さんに敵《かな》わなかったよ。広瀬さん、爪切りもすごく上手なんだ」

『くうん』

しゅんと悄気《しょげ》る様子を見て、豆福がおろおろしながら前肢をポンと景の膝《ひざ》の上にのせてきた。『爪切りの練習してもいいよ』と、健気《けなげ》に差し出してくる。

「ありがとう。でも、大丈夫。豆福の爪はきちんと切り揃《そろ》えてるから、これ以上切らなくてもいいよ。俺も爪切りは得意なんだ。でも、広瀬さんはトリマーじゃないのに何でもできちゃうんだよなあ。行平先生も宮坂先生たちも、広瀬さんを頼りにしているし。俺なんて、最初の頃はミスばっかりしてたのに。比べるとやっぱり、差がありすぎて落ち込むよな」

『元気出して』と、豆福が一生懸命に尻尾《しっぽ》を振って励ましてくれる。大分心が弱っているようでそんな仕草にきゅんと心臓が鷲摑《わしづか》みにされる。「豆福ぅ！」『あん！』両手を広げて、ひしと小さな彼を抱き締めた。

更に、気になることがもう一つ。

ぷに子を連れて今日も来ていた館林が、「若先生と、あの新しく入った助手さん。とてもお似合いよねえ」と、カルテを見ながら話す二人を見てうっとりと言ったのだ。

他にも、待合室では密《ひそ》かに行平と広瀬についての憶測が飛び交っていた。いつの間にか広瀬が行平の婚約者だという噂話にまで発展していて、みんなの想像力の豊かさに本気でびっくりさせられたのである。

広瀬は目立つタイプではないが、眼鏡で隠してはいるものの、くっきりとした目鼻立ちをした清楚な美人だ。

外見だけでなく、性格もいい。年下の景にも礼儀を崩さないし、先輩として立ててくれるし、パソコン作業をしている時には「お疲れ様です」と、コーヒーと一緒にさりげなく差し入れまで置いていってくれた。大人の気遣いが身に沁《し》みた。

今年三十歳になる行平と、二十五歳の広瀬。どちらも結婚適齢期だ。人間嫌いの行平も、真面目で努力家の広瀬のことは気に入っている。広瀬はどうなのだろう？　行平のことを尊敬しているだろうし、恋愛対象に入っていても不思議ではない。しゃんと背筋が伸びて堂々としている広瀬は、行平の隣に立つと様になる。一方、景はといえば、彼の隣というよりも後ろからチョロチョロとくっついて回っている感じだ。ちょうど、景が豆福を連れて歩いているみたいに――。

たぶん、館林をはじめとする常連のオーナーさんは、景と行平の関係をそう捉《とら》えているに違いない。広瀬は同じ目線に立って行平と釣り合っているけれど、景は一生懸命に行平を見上げているイメージ。

ズキッと胸が痛んだ。さすがに卑屈になりすぎだと、自らの思考を叱咤《しった》する。いつもの自分らしくない。

「何で俺、こんなに広瀬さんと張り合ってんだろ……」

胸の中にもやもやと渦巻いているのは幼稚な独占欲。スタッフとしての能力差や人としての成熟差に対する対抗心はもちろんあるが、単純に、今まで自分がいた場所を誰かに奪われたくないのだ。行平の隣の座を広瀬に渡したくない。俺の先生なのに――。

「……あれ？」

ハッと我に返って、景は思わず瞬《またた》いた。豆福が『どうしたの？』と、不思議そうに景の顔を覗《のぞ》き込んでくる。景自身もわけがわからない。何だったのだろう、先ほどのぐわっと胸の底から湧《わ》き上がってくるような強い感情は。

「俺のって――…先生は先生のものだもんな。オモチャをとられた子どもみたいなこと思っちゃったよ。あー、自分が幼すぎて恥ずかしくなってきた」

『くん？』

「恥ずかしいから、豆福のもふもふで俺の顔を隠して！」

『きゃうん！』

豆福と抱き合ってダメージを受けたパワーをチャージし、気を取り直して立ち上がる。

「よし。豆福、夕飯の買い物に行こうか」

『あんっ』

近所の商店街に出かけると、食品を扱う店舗はどこも閉店間際で値引きをしていた。

手料理は早々に諦《あきら》めたが、せめて行平が帰宅してすぐに食事ができるようにと、景は出来合いのものを買ってテーブルに並べておくことにしたのだ。

「昨日はお刺身だったから、今日はお肉にしよう。行平先生、コロッケ好きかな」

『あんっ』

「野菜がないと怒るから、あそこのお惣菜屋さんで何か買っていこう。ナスの煮びたしとか売ってないかな。ご飯とナスだけテーブルに並べておいたら、先生どんな顔すると思う？」

『あううっ、かふっ』

「あ、やっぱ怒るよね。俺には騙《だま》して納豆を食べさせたんだから、先生にもどうにかしてナスを食べさせたいな……」

「おい、何を企《たくら》んでやがる」

いきなり背後から声がして、景はビクッと背筋を伸ばした。豆福と一緒に振り返る。

どういうわけか行平が立っていた。

「先生！」景はギョッとした。「な、何でここに？　お勉強会はどうしたんですか？」

「今日はもう終わった。家に戻ったらお前たちはいないし、広瀬がお前らがこっちに向かうのを見かけたって教えてくれたんだよ」

「え、広瀬さんが……」

「何だ、まだ何も買ってないじゃないか」

少し息を乱した行平が手ぶらの景を見て訊《き》いてきた。「何を買うつもりだったんだ？」

「えっと、今日はコロッケにしようかなと」

「コロッケね。だったらそこの肉屋でミンチを買って、ジャガイモはうちにあるから、あとはちょっとした惣菜を買って帰るか」

ぽかんとしている景と豆福を「行くぞ」と促して、行平が歩き出す。広い背中を見つめながら、先ほどまで沈んでいた気持ちが嘘《うそ》のように浮上しているのが自分でもわかった。豆福と顔を合わせて、にこにこしながら行平の後を追いかける。もし景の尻にも豆福みたいに尻尾が生えていたら、千切れんばかりに振っているのだろうと思う。それくらい、行平が景たちを追い駆けてきてくれたことが嬉しかったのだ。

食材を買い込んで戻ると、病院の前に人影が見えた。

「広瀬？」

行平が怪訝《けげん》そうに声をかける。こちらに気づいた広瀬が、「よかった」とホッとしたように息をついた。

「どうしたんだ、もう帰ったものとばかり思ってたんだけど」

「そうしようと思ったんですけど、鍵《かぎ》をどうしたらいいのかわからなくて。院長先生も携帯電話を置いて出かけてしまったので、戻られるのを待っていました」

「え！」と、行平が珍しく焦ったような声を上げた。

「ああ、そうか。鍵を自宅に置いたままだ。悪い、それでずっとここで待ってたのか」

申し訳なさそうにする行平に、広瀬がかぶりを振って返す。

「いいえ、別にもうあとは家に帰るだけですから。院長先生、小早川先生も、お疲れさまでした。それでは、失礼します」

「あの、広瀬さん！」

背を向けようとした彼女を、景は思わず引き止めた。

「コロッケ、好きですか？」

「……コロッケですか？」

訝《いぶか》しそうに首を傾げた彼女が、「はあ、嫌いじゃないですけど」と答える。

「だったら、一緒に食べませんか？　今からコロッケを作るんですよ、行平先生が。惣菜もたくさん買ってきたし、一緒に食べましょう。ね、行平先生」

「お前があれもこれもと調子にのるから、余計なものを買いすぎたんだ」と、行平がいつも通り景には軽口を叩《たた》き、広瀬に向き直って言った。「もしよかったら、うちに寄っていってくれ。裏の建物が自宅だから。せっかくだし、一緒にメシを食おう」

「私までお邪魔してもいいんですか？」

「もちろん！」

景が答えると、「お前が言うな」とすかさず行平にはたかれた。


翌朝、行平宅で朝食をとってから病院へ向かうと、ちょうど出勤してきた広瀬とばったり出会った。

「おはようございます」

「お、おはようございます」

広瀬が相変わらずクールな表情で言った。

「昨日はありがとうございました。とても楽しかったです」

「あ、はい。俺もすごく楽しかったです。ね、豆福」

『あんっ！』

はっはっと健気に尻尾を振る彼を見て、広瀬のポーカーフェイスが僅《わず》かにやわらぐ。

昨夜は広瀬も交えて、久しぶりに楽しい夕食だった。

――広瀬、こっちはいいから、用意が出来るまでそっちの部屋でレポートを書いていていいぞ。毎日書いて提出しないといけないんだろ？　ここで済ませていけばいい。おい、お前はこっちで手伝いだ。ただし包丁は持つなよ。豆福は危ないから離れてろ。油を使うからな。

火傷《やけど》したくないだろ？いいこだから、あっちで遊んでなさい。

行平の仕切りでコロッケもほくほくに揚がり、大量に買い込んだ惣菜も並べて、ビールで乾杯をした。広瀬もお酒は結構いける口で、普段はクールな彼女もアルコールが入ると表情が弛《ゆる》みよく笑っていた。完璧な彼女に嫉妬していた自分が申し訳なくて、己の狭量さを反省した一日だった。

毎朝の日課で、広瀬と二人で協力して入院室の掃除と給餌を行う。

今は重病患畜もおらず、ここにいる彼らも数日内には退院予定だ。

相変わらず広瀬は仕事が早いので、一人の時よりも随分と時間短縮ができて助かる。そんなふうに考えられるようになったのは、今日が初めてのような気がした。昨日までの景は一方的に彼女を敵視して一人で闘っていたからだ。

待合室の掃除をしていると、ふと広瀬が唐突に言った。

「小早川先生と院長先生は仲がいいんですね」

「え！」

ギョッとして振り返ると、広瀬が何を考えているのかわからない表情で確認してくる。

「毎日朝晩を院長先生のご自宅で一緒に食べているんですよね？」

「あ、えっと、それは、昨日もお話ししたように、俺の食生活が悪かったんで、それで先生が心配してくれて一緒に俺の分までゴハンを作ってくれるんですよ」

「ああ、昨日のあの体重計ですね」

さらっと返されて、景はうっと押し黙った。広瀬がいるのに、行平の命令で昨日は久しぶりに体重計に乗らされたのだ。変化はないと思っていたのに、最後に量ってから二キロも減っていて景自身もびっくりした。一方、怖い顔をした行平には「おい、減ってるってどういうことだ」と、ここ数日の食生活の乱れを説教されたのである。確かに、行平の目がないと思って、適当に済ませていたことは否めない。今思えば、珍しく悩み事を抱えていたせいか、食欲もあまりなかった気がする。さすがにそこまでは話さなかったけれど。

モップを動かしながら、広瀬がボソッと呟《つぶや》いた。

「――……愛ですよね」

「え？」

上手《うま》く聞き取れなくて問い返すと、彼女は「いえ、何でもないです」と首を横に振った。

「院長先生は料理男子だったんですね。意外でした。料理ができる男性って素敵ですよね」

「えっ、素敵って、行平先生のことが……？」

思わずドキッとして、咄嗟《とっさ》に訊き返してしまう。一瞬きょとんとした広瀬が、ハッと目を瞬《しばたた》かせて「そういう意味じゃありませんよ」と、焦ったように否定した。「私は料理が苦手なんです。だから、すごいなと思って」

「え、広瀬さんも苦手なものってあったんですか？　実は俺も苦手なんですよ」

「それは知ってます」

広瀬が真顔で頷《うなず》いた。

「だから院長先生が小早川先生の分まで作ってくださってるんですよね」

「あ、はい。本当に俺は先生に迷惑をかけてばかりで、俺も料理くらい少しは出来るように練習しなきゃいけないと思っているんですけど……」

自分で言いながらしゅんとしかけたその時、広瀬が首を捻《ひね》って言った。

「小早川先生の武器はそこじゃないですから、別にいいんですよ」

「え？」

「トリマーとしての小早川先生は、素晴らしいと思います」

眼鏡越しに広瀬が景を見つめて続けた。

「私は犬も飼っていたので、トリマーさんにはお世話になりました。でも、今まで出会ったどのトリマーさんよりも、小早川先生はオーナーとして安心してペットを預けられるトリマーさんだと思います。以前、この病院で働いていたトリマーさんは、もっと事務的に作業をしていましたから。それに比べて、小早川先生は動物とのコミュニケーションをとても大切にされてますよね。動物たちにも信頼されているし」

驚いたことに、広瀬は景の行動をよく見ていた。

「爪切りの時も、動物をトリミング台ではなく膝に抱いて切ってますよね。あの子たちがとても安心して先生に身を任せている感じが、見ていてすごくいいなと思ったんです。院長先生にも小早川先生の動物の扱い方はお手本になるから、見習った方がいいと言われました」

「行平先生が？」

驚いて訊き返すと、彼女が「はい」と頷く。

行平は、景のことを動物との信頼関係を築くのがとても上手だと話していたそうだ。

「あと、私の剃毛や爪切りは少し雑だから、小早川先生のやり方をよく見て学べと言われました。なので、今日は先生の補助に入らせてもらってもいいですか？」

「あ、はい。どうぞ、いつでも来てください」

喜んで答えると、広瀬が軽く目を瞠《みは》り、珍しくくすっと笑った。

「小早川先生と院長先生は本当に正反対ですね。院長先生は感情を隠すのが上手な方ですけど、小早川先生は逆です。とても素敵だと思います」

うっすらと微笑んだ彼女から「もえます」と、いまひとつ意味のわからない呟きが聞こえた。

行平が自分の知らないところで広瀬に景の話をしていたことが嬉しかった。

景の仕事ぶりを見て、評価してくれたのが嬉しい。少しは認めてもらえているのだ。

一日の仕事を終えた景は、商店街まで大急ぎで自転車を飛ばしてから、行平宅へお邪魔した。

ちょうど行平も病院から引き上げてきたところで、玄関の前で一緒になる。広瀬は学校へ提出物を出しに行かなければいけないそうで、今日は早めに上がったのだ。

「先生、差し入れを買ってきました」

どっさりと買い込んだ酒類の袋を見て、行平が盛大に顔を顰《しか》めた。

「またこんなに無駄遣いをしやがって」

「あと、これも買ってきましたよ」

行平が好きな焼き鳥屋のテイクアウト。袋の中身を覗いた行平は、「まあ、今日は許してやろう」とご機嫌になる。

「何かいいことでもあったのか？」

行平が怪訝そうに訊いてきた。「朝からずっとニヤニヤしてるだろ」

「え、そんなに笑ってましたか」

「気づいてなかったのかよ」と、行平が呆れる。

「さっきも下手《へた》くそな鼻唄を口ずさみながら帰ってきたじゃねえか。近所迷惑だろ」

「そんな大声で歌ってませんよ。豆福、お留守番ありがとう。豆福にもお土産《みやげ》があるよ」

きゃんきゃんと駆け回っている豆福をサークルから出してやり、買い物袋の中身を見せてやった。「ほら、高級ササミジャーキー！」

『きゃわーん！』

「またお前、高いものを買って」と、ぶつくさと文句を垂れる行平。

「たまにはいいじゃないですか。みんなで楽しく食べましょうよ」

居間のテーブルに焼き鳥を並べて、冷凍庫で冷やしておいたグラスにビールを注《つ》ぐ。

「はい、先生」

景はキンキンに冷えたビールを行平に差し出した。

「今日も一日お疲れさまでした」

「……何だよ、急に。気味が悪い」

座椅子に座った行平が、訝しみながらもグラスを受け取る。

景も自分用にビールを注いで「乾杯！」と、グラスをぶつけ合わせた。豆福はササミジャーキーに夢中だ。

「先生、これも食べてください。あとこっちは、先生の好物。いっぱい買ってきました」

「買いすぎだろ。こんなに食べられるか」

「食べられますよ、おなか減ってるし。あっ、先生いい飲みっぷり。次、何にします？　俺、冷蔵庫から持ってきますから、欲しいものがあったら遠慮なく言ってくださいね」

せっせと行平の取り皿に焼き鳥を乗せながら、空《あ》いたグラスに酒を注ぐ。

「で？　何をそんなに浮かれるようなことがあったんだ？」

ほろ酔い気分の行平が思い出したように訊いてきた。

「えっと……内緒です」

口を閉ざして思い出し笑いをすると、半眼の行平にペシッと後頭部をはたかれた。

「イタイ！」

「なーにが内緒ですだ。泣き虫ケイちゃんのくせに」

行平がせせら笑う。子どもの頃の景をそう呼んでいたのは祖母だ。

「何で知ってるんですか」

「傍で聞いていたから。大体、何で俺のことを忘れてるんだよ。あれだけお兄ちゃんお兄ちゃんってついて回っておきながら、薄情なヤツだな」

「先生、酔っ払ってますか……？」

いつの間にか焼酎のボトルが半分空いていた。三百五十ミリリットルの缶ビールもすでに二缶が空だ。

普段は晩酌をしないが、酒は好きだと聞いている。酔っ払った行平は珍しく、いつもはキリッと吊り上がり気味の目が、今は僅かにとろんと垂れ下がっていた。顔もほのかに赤い。

初めて見る行平の姿をもっと眺めていたくて、景はドキドキしながらお酌を続けた。

「そういえば、今日初めてトリミングに来たにゃんこのオーナーさんが、お前のことを褒めてたぞ。今まで駅二つ先のペットサロンに通ってたらしいけど、うちのトリマーさんの方が上手だったってさ。今度からお前に頼みたいそうだ」

「本当ですか！」

景は思わず声を上げた。シャンプーに続いて、トリミングも引き受けることにしたのである。予約制で一日の客は限られるが、常連のオーナーさんたちから是非《ぜひ》やってくれと要望があったのだ。行平と相談して、景が出来る範囲で業務を拡大していくことに決まった。

好評だと聞いて嬉しくなる。

「うちのトリマーさんは腕がいいからな」

行平がグラスを揺らしながら、ふっと笑った。

「こんな立派になるなら、パームの毛ももう一回散髪してもらいたかったなあ。今ならあのぶっさいくなライオンカットじゃなくて、男前にしてもらえただろうに」

しみじみと呟く。

景の脳裏には、はっきりと元気なパームの姿が蘇《よみがえ》っていた。胸の奥がぎゅっと苦しくなる。

「——あの日さ」

行平が遠い目をして言った。「ちょうど、母親から電話がかかってきたところだったんだ。離婚が正式に決まって、俺は父親に引き取られることになったからって。学校が夏休みなのをいいことに、俺をじいさんとばあさんに預けて、あの人たちはそういう話し合いをしてたんだよ。邪魔になるなら最初から俺のことなんか生まなきゃよかったのにって、あの時の俺は毎日そんなことばっかり考えてた。人生で一番つまらない夏休みになるんだろうなって思ってたら、お前に出会ったんだ。最初に神社で会った時のこと、覚えてないか？」

問われて、景は「覚えてます」と答えた。記憶はところどころ曖昧《あいまい》だが、神社でパームを見つけた時のことはちゃんと思い出せた。大きな白い犬が寝ていて、ふかふかとした毛がとても気持ちよさそうだったから、少し触らせてもらおうと思ったのだ。そうしたらちょうど目を覚ましたのである。景と目が合った彼は『ワンッ』と吼《ほ》えた。あまりに大きな鳴き声に景はびっくりして、泣き出してしまったのだった。

泣きじゃくる景に気づいて、お兄さん――行平が必死に慰めてくれたことも覚えている。

行平が小さく笑って再び口を開いた。

「当時は両親のことがあったせいか、どこか人間不信みたいになっていたところがあって、特に大人は信用できないって思ってた。子どもは親を信じるしかないのに、俺は裏切られてばっかりだったからな。だから、無条件に懐《なつ》いてくるお前が、かわいくてしょうがなくてさ。俺は一人っ子だったから余計に、弟ができたみたいで嬉しかったんだよ。別れ際もわんわん泣くお前を見て、本当にこいつを連れて帰りたいって思った。子どもながらに、俺とお前とパームの三人で幸せに暮らしたいなって思ったんだ。お前だったら俺の傍にずっといてくれるだろうな――って、そんなおかしなことを考えてたな」

「いますよ！」

思わず景は行平の目を見てそう答えていた。

「パームはいなくなってしまったけど、今は豆福がいます。俺だって先生の傍にこれからもずっといますよ。もうこの家で、俺と先生と豆福の三人で暮らしているようなもんじゃないですか」

真面目な顔で言うと、一瞬押し黙った行平が、くすくすと笑い出した。

「ああ――……確かにそうだな」

くつくつとおかしそうに喉《のど》を鳴らして、行平が美味《うま》そうにグラスの中身を呷《あお》る。

「……先生は、人間に対してもそうですけど、動物たちにも、大事にして真摯《しんし》に接しているのにどこか壁を作っているようだって、言われてましたよ」

「誰にだよ」と、行平が目を眇《すが》める。だが、すぐに天井を仰ぎ、「そうかもなあ」と呟いた。

「人間は別として、動物たちには情をもって接しているつもりだけど、無意識のうちに深入りしないようにしているんだろうな。パームみたいに突然いなくなられるのは、やっぱり怖い。自分が愛情を注げば注ぐほど、相手が俺から遠ざかっていってしまうような気がするんだよ。人間も動物も、特別な誰かを作るのは怖いな」

ふいに、行平に手を摑まれた。ドキッとする。

「せ、先生……?」

「うん?」

座椅子にもたれかかった彼が、景の手を取り、撫でるように触ってもてあそんでくる。

指の股《また》を擦《こす》られた瞬間、ゾクッとした。咄嗟に行平の手の中から自分の腕を引き抜こうとしたが、それを阻止して、逃げられないように指を絡《から》めてくる。

「……っ」

「器用にハサミを操るよな、この手は。ふうん、よく見ると綺麗な指をしてるな」

一本一本、指を擦り上げられて、全身の肌が粟立《あわだ》った。

「あ、あの先生？　ちょっと飲みすぎですよ」

自分が勧めておいて何だが、これ以上は危険だ。行平の目が据《す》わっている。

さりげなく手を自分の方へ引き寄せると、行平が不満そうに「何だよ、逃げるなよ」と、ますます強く引っ張ってきた。

「うわっ」

前のめりに倒れ込んだ景を受け止めたのは、行平の逞《たくま》しい胸板だった。ぎゅっと抱き締められて、よしよしと頭を撫でられる。

「あの泣き虫のガキがこんなに大きくなるとはなあ」

「せっ」景は混乱して声を裏返らせた。「先生だって、まだ小学生だったじゃないですか」

「しかもあんなに素直だったのに、こんな生意気になっちゃって」

「せ、先生も随分と口が悪くなりましたよ。小学生のお兄ちゃんはもっと優しかったです」

「……本当に生意気な口だな。そんな口はこうしてやる」

「え？」

いきなり両手で頬を包まれたかと思うと、突然ウチュッと唇が重なってきた。

「――――！」

景は目を見開いて茫然《ぼうぜん》となる。

硬直した景を再びぎゅっと抱き締めて、行平が普段からは想像がつかないほど甘ったるい声で言った。

「お前、バカだけど一生懸命でかわいいからな……バカだけど」

甘えるように首筋に鼻先をこすりつけられて、景は危うく失神するかと思った。

「せ、せせせせせせんせ……」

がくっと、急に重くなったのはその時だ。

「え？　あれ、ちょっと、せ、先生……？」

伸《の》し掛かってきた行平が景の耳元で囁《ささや》いたのは、気持ちよさそうな寝息だった。

8

行平にキスをされた。

しかし当の本人は、突然の事態に赤面し硬直する景を放置して、一人すやすやと夢の世界に飛び立ってしまったのである。いつの間にか豆福までが気持ちよさそうに眠っていた。

結局、目を覚ます様子のない行平と豆福に、景はそっとタオルケットをかけてお暇《いとま》したのだった。

そして翌日。

いつも通り行平宅の玄関前に立った景は、歩いてきたのにまるで百メートルを全力疾走した後のような動悸を抱えて挙動不審になっていた。

「——……よし、行くぞ」

頬を両手でパシンと叩いて、気合いを入れる。緊張しながら玄関の引き戸を開けた。

「……お、おはようございます」

『あんあんあぁんっ！』

奥から転がるようにして駆けてきたのは、豆福だ。

「豆福、おはよう」

かわいいお出迎えに、ちょっとだけ緊張がほぐれる。

「昨日はぐっすり寝ちゃってたから、バイバイできなかったもんな。ササミジャーキーを抱き締めながら眠ってたんだぞ」

大パニックの中、唯一和《なご》ませてもらった寝姿に心の中で感謝すると、豆福が『ええっ、本当に？』と、恥ずかしそうに首を竦《すく》めてみせた。

「おう、おはよう」

その時、スリッパの音と共に低い声が聞こえてきた。

「昨日はお前一人に片付けまでやらせて悪かったな」

景は思わずビクッと全身を強張らせる。腕の中にいた豆福までがびっくりして、目をぱちくりとさせた。少し落ち着いていた動悸がまたぶり返す。

「酔っ払って寝オチしたのなんて久しぶりだ。起きたら目の前に豆福の鼻があってびっくりしたんだよ。な、豆福」

『あんっ』

豆福をきゅっと抱き締めて、景は急いで平静を取り繕《つくろ》うと顔を上げた。

「……おっ、おおおはようございましゅっ」

「あ？」と、目の合った行平が眇めた眼差《まなざ》しをむけてくる。

「朝から何噛《か》んでんだよ。顔の筋肉が強張ってるぞ。もっとほぐせ……今日も絶好調のぶちゃいくぶりだな。二十二歳とは思えない童顔だし、お前、ちゃんと成長してるか？」

軽口を叩きながら、行平が景の両頬を揉《も》みくちゃにしておかしそうに笑った。途端に心臓が暴れだし、行平に触れられた肌がボンッと熱が弾《はじ》けたみたいにして熱くなる。昨夜もこんな体勢から強引に唇を奪われたのだ。

記憶がまざまざと蘇り、カチンと固まる。まさかまた――思わずぎゅっと目を瞑《つぶ》った。

「ほら、早く上がれ。メシができてるぞ」

しかし、行平はあっさり景から離れて、くるりと背を向けた。スタスタと廊下を歩いて行ってしまう。拍子抜けして茫然とエプロンの結び目を見つめていると、怪訝そうに振り返った行平の声が飛んできた。

「おい、のんびりしてると遅れるぞ。遅刻は罰金だからな」

「は、はい！　すぐ行きます」

それからも行平は普段と何ら変わったところはなかった。普通にゴハンを食べて、普通に景を揶揄《からか》って、普通に豆福を構って、普通に出勤。

景はドキドキと常に心臓を高鳴らせながらも、徐々にあれ、おかしいなと気づき始める。

「……先生。もしかして、酔っ払ってた時の記憶ってないんですか？」

おずおずと訊《たず》ねると、自宅から病院へ繋がる庭を一緒に移動していた行平が不審そうに眉《ま》根《ゆ》を寄せた。

「――…俺はゆうべ、何かしたのか？」

一瞬、不安げに視線を揺らした彼に、景は慌てて首を横に振った。「い、いいえ！　ただ、いつもよりもニコニコ笑ってただけです」

「ニコニコ……」と、行平が繰り返し、バツの悪い顔をする。それはそれでショックだったようだ。

だが、これではっきりした。行平は昨夜のことを覚えていない。自分が景に何をしたのか綺麗さっぱり忘れていたのだ。

俺は一晩中目が冴《さ》えて、全然眠れなかったのに――！

当の本人はぐっすり眠って記憶を飛ばし、ケロッとしていた。恨みがましく思う気持ちも多分にあったが、実を言うと、それ以上に安堵《あんど》の方が大きかった。行平が覚えていないとわかって、景は内心ホッと胸を撫で下ろしたのである。

第一、酔っ払いのすることだ。意味などあるわけがない。いちいち気にするだけ損というもの。

よく犬に噛まれたと思って忘れろと言うが、昨日のあれも豆福に舐《な》められるのと同じだと思い込むことにした。そうだ、豆福にぺろぺろと舐められるのと一緒――。

しかし、頭で考えることと、実際にそれを肉体が行うことはまた別だった。

「小早川先生、院長先生と何かあったんですか？」

勘のいい広瀬に訊ねられて、景はギクリとした。

「えっ、な、何でですか？」

あからさまに寝返った声に、広瀬の方がかえって申し訳なさそうに視線を逸《そ》らした。

「……いえ。何となくそんな感じがしただけですから。でも私の気のせいです。気にしないでください」

気にするなと言われても、バレバレなのは自分でもわかっていた。彼女にまで気を遣わせてしまったことが情けなく、今のこの状況もいたたまれない。

普段どおりにしなければと思えば思うほど、なぜか行平のことを意識してしまって動きがぎこちなくなる。例えば、ふと行平と目が合って、慌てて顔を逸らした途端、持っていたカルテを床にぶちまけてしまった。トリミング室に行平がやってくると、剃毛後のせっかく集めた猫の毛がゴミ袋の口を外れて床にバサバサと落ち、豆福が急いでチリトリを引っ張って持ってきてくれた。目が合うとドキッとするし、声を聞いてもドキッとする。姿が視界に入ると、なぜか行平の唇に焦点が合いゆうべのことがフラッシュバックする始末。一人であたふたとして、豆福をはじめ入院室のみんなまでが景のことを物珍しげに眺めていた気がする。

そんな挙動不審の景を、広瀬が不審がるのも無理はなかった。広瀬だけでなく、宮坂や中谷にも「今日はどうしたの？」と、心配されたくらいだ。

平常心、平常心――。

頬を叩き、気を引き締めてトリミング室のドアを開ける。待合室に呼びかけた。

「館林ぷに子ちゃん、どうぞ」

ケージに入れられて大人しくしていたぷに子を連れて、館林が部屋に入ってきた。

「こんにちは、館林さん。ぷに子も元気だった？」

二日前に会ったばかりだが、ぷに子は『おかげさまで元気よ』と、尻尾をぱたぱたとさせている。キョロキョロと周囲を見渡し、豆福がいることを確認してニヤッと笑った。

「あら、今日は助手さんも一緒なのね」

館林が景の隣に立っていた広瀬を見て嬉しそうに目を細めた。

「実習生の広瀬と申します。よろしくお願いします」

「館林さん、今日は彼女も一緒にぷに子のシャンプーを手伝わせていただきますね。それじゃ、広瀬さん。まずはぷに子のブラッシングから」

「はい」

新顔の広瀬の様子を、ぷに子がお手並み拝見と窺《うかが》っている。

今日は外来が比較的少なくて、広瀬はトリミング室の手伝いに回っていた。彼女が病院にいる間は、ペットのトリミングやシャンプーの予約を多めに引き受けることができ、景も以前よりハサミを持つ機会が増えた。やはり定期的に動かしていないと手の感覚が鈍るので、これは素直にありがたい。夏なので、特に長毛種のカットやシャンプーを希望するオーナーさんも多い。家ではシャンプーを嫌がる子が、ここでは気持ちよさそうに洗ってもらっていると言われると嬉しかった。

「広瀬さん、実習期間がもうすぐ終わるんですって？」

館林が思い出したように言った。

「残念ねえ。二週間なんて短いわよ。せっかく若先生にいいお相手が来てくれて、安心していたところだったのに。早く学校を卒業してここに就職しちゃいなさいよ」

「就職はまだどうなるかわかりませんが、ここはとても居心地がいいので、私も実習期間が終わってしまうのは残念です。小早川先生、ブラッシングはこんな感じでいいですか？」

「あ、はい。大丈夫です。ぷに子、次はこっちに移動だよ。その前に体重を量ろうね」

『ぷにゃん』

景はぷに子を抱いて動物用の体重計の前に向かう。豆福もトテテとついてきた。

背後では館林が広瀬に興味本位にあれこれと話しかけていた。随分と広瀬のことを買っていたので、本気で行平のお嫁さん候補に仕立て上げたい老婆心が伝わってくる。

二人の会話を耳に流しながら、じわじわと胸を押し潰《つぶ》されるような気持ちになった。

体重を記入し、ぷに子を抱いて戻る。館林の踏み込んだ質問に広瀬が困っていたので、景は「そうだ、館林さん。こんなものが入ったんですよ」と、先日入荷した新製品のペット用シャンプーで彼女の興味を広瀬から逸らせた。

シャンプー後のぷに子と豆福を並べてドライヤーの風を当ててやる。わんにゃんとはしゃぐ二匹を微笑ましく思いつつ、くにおか動物病院の歴史や若先生の話題で一方的に盛り上がっている館林と若干引き気味の広瀬にチラチラと視線を向けて、景は複雑な気分だった。

広瀬相手に思う存分喋《しゃべ》り倒した館林は、さっぱりしたぷに子を連れて上機嫌で帰っていった。

見送った後、広瀬が珍しく疲れたように息をつく。

「大丈夫でしたか？」景は少々同情して言った。「館林さん、広瀬さんのことがお気に入りみたいだから」

広瀬はもとからあまり喋る方ではないので、さすがにお喋り好きの彼女の相手をするのは疲れただろう。

「うちの病院は、先代の院長の頃から通ってくれている常連さんも多くて、お孫さんの行平先生を自分の孫とか子どもみたいに思っているオーナーさんもいるみたいなんです。だから、若い年頃の女性がいると、どうしても行平先生のお嫁さん候補として見ちゃうそうで……」

なるほどと、道具の片付けをしながら広瀬が納得したように頷いた。

「会話に困っていたら、小早川先生が間に入ってきてくれたので正直助かりました。結構、プライベートなことまで突っ込んで訊かれるんですね。診察室の方では、オーナーさんともそういう世間話のようなものはあまりなかったので」

「診察室《むこう》はあくまで治療だから。その点、トリミング室《こっち》は動物も病気で来てるわけじゃないし、オーナーさんも気楽にお喋りをしに来てる感じかな。ペットの悩み相談とかもされますよ。時々、全然関係ない相談をされて、俺もどう答えていいのか困ることはあるけど」

「そうなんですね。でも、わかります。小早川先生は話しかけやすいですから。この部屋は癒し空間ですね」

そんなふうに言われて、景は思わずきょとんとなった。

「私、院長先生のことは尊敬していますけど、恋愛という意味では好みではありません」

「え？」

「お似合いというのなら、私なんかよりもむしろ……」

チラッと広瀬が景を見て、コホンと一つ咳《せき》払いをした。

「とにかく、私は院長先生のお嫁さん候補にはなれません。院長先生にはもっとふさわしいお相手がいるはずですから」

きっぱりと言って、彼女はにっこりと微笑む。「だから、余計な心配はしなくてもいいんですよ、小早川先生」

「——え？　な、何で俺が……」

その時、コンコンとノックがして、ドアが開いた。行平が入ってくる。

「広瀬、混《こ》んできたから手があいたらこっちを手伝ってくれ。小早川、次の予約までまだ時間があるよな？　兎《うさぎ》のシャンプーについてオーナーさんに説明できるか？　今診《み》ている子が側溝に嵌《は》まって白い毛が茶色に染まってるんだ。特に怪我《けが》もなかったから、そっちで引き受けてもらいたいんだけど」

行平と目が合って、景は思わず露骨に顔を逸らしてしまった。

「——あ、は、はい。兎には猫や犬と同じシャンプー液は使えませんから。きちんと説明させてもらいます」

「……頼んだ。これ、カルテだから」

「はい、わかりました」

俯《うつむ》いたままカルテを受け取る。だが、なぜか行平が手を離さないので、二人に両端を摑まれたカルテが空中で行ったり来たりを繰り返した。

「……？」

戸惑って上目遣いに見上げると、行平がじっと景を見つめていた。ドキッとする。すぐに視線を逸らそうとしたが、どういうわけかそれができなくて、見つめ合ったまま気まずい空気が流れる。

いたたまれず、景は早口に言った。

「あ、あの、先生、カルテをください」

「——……」

眇めた眼差しを寄越す行平が何か物言いたげに口を開く。が、躊躇《ためら》った後にため息に変えた。パッと手を離し、カルテは景に渡る。

「それじゃ、頼んだぞ」

淡々と言って、行平は部屋を出ていった。

ふうと詰めていた息を吐き出す。心臓がまた激しく高鳴っていた。この先ずっとこんな調子なのだろうか。困った——行平の顔がまともに見られない。

コツンと音がして、景は瞬時に現実に引き戻された。

「あ、ごめんなさい、広瀬さん」

ここには彼女もいたことを思い出し、物思いに耽《ふけ》っていた自分を恥じる。

「後の片付けは俺がやるんで、もう診察室の方へ行ってください。こっちは大丈夫です」

振り返ると、広瀬が俯いていた。口元を手で覆っている。

「広瀬さん？」景は思わず眉根を寄せた。「どうかしました？　気分が悪いんじゃ……」

ハッと顔を上げた彼女は「いえ、何でもないです」と、焦ったようにかぶりを振った。

「それでは、私は診察室に行きます。後はよろしくお願いします」

「はい」

会釈をして広瀬が部屋を出ていく。何だか彼女の顔が笑っているように見えたのは、気のせいだろうか——？

ようやく長い一日が終わった。

景は倉庫として使用している部屋で入院動物の餌《えさ》の在庫チェックを終えると、大きく伸びをした。豆福も景を真似《まね》てうーんと伸びをする。

今日はやけに疲れた。

仕事量は普段とあまり変わらなかったので、このぐったりとした疲労感は景自身の心の問題だろう。行平の姿を見かけるたびに、心臓をバクバク鳴らしていたので仕方ない。

結局、景ばかりが昨夜の出来事を過剰に意識してしまい、当の行平は何事もなかったかのように過ごしていた。どう考えても不公平だ。自分は心拍数が急上昇して、今日一日で寿命がだいぶ縮んだのではないかと心配になっているというのに。

しかし、行平の記憶があったらあったで、その時はもっと困ったことになっていたはずだった。総合的に考えると、これでよかったのだと強引に納得する。

「……というか、男同士でキスとか何とかごちゃごちゃ言っててもな。こういうのをさらっと流せないところが、お前はお子さまなんだってまたバカにされそうだし」

きちんと大人の対応ができる人なら、あんなハプニングも笑い話で済ますのだろう。たとえば、広瀬だったら——。

「でも、広瀬さんは行平先生のことは好みじゃないって言ってたっけ」

彼女がきっぱりと言い切ったあの瞬間、景はどういうわけか何とも言いようのない安堵感を覚えたのだった。沈んでいた気分が一気に浮上した。今考えても、あれはどういう意味だったのだろうかと我ながら疑問だ。

「広瀬さんがもし行平先生にキスされたら、逆に嫌悪感とか湧いちゃうのかな……？」

つい豆福相手に話しかけると、彼も『くうん？』と鳴き、『どうかなあ？』とばかりに首を傾げてみせる。

あれ、でも――景はふと引っかかりを覚えた。そういえば、景は行平にキスをされても嫌だとは微塵《みじん》も思わなかった。嫌悪感などはなく、気持ち悪いとか男相手にとか、そんな怒りもまったく覚えず、ただどうしていいのかわからなくて混乱するばかりだった。

「……あれ？　嫌じゃないってことは、どういうことだ？」

『あうぅん』

「なあ、豆福。俺、何かおかしなこと言ってない？　矛盾してるような気が……？」

『うーん』

一緒になって頭を抱えていると、背後でパサッと物音がした。

振り返ると、床にペットシートが数枚落ちている。「ん？」と不審に思って見上げたら、段ボールの上に置いてあった業務用ペットシートの袋が開いていて、今にも中身が全部落ちそうになっていた。ペットフードが入っている段ボールの蓋《ふた》が浮き上がって、シートの袋を押し上げているのだ。

傾いた袋から、また一枚シートが落ちてくる。

景はシートを拾って棚に置いた。それから段ボールの上の袋に手を伸ばす。

簡単に届くと思ったが、意外と高さがあった。部屋の端に踏み台が置いてあるが、あれを使うほどでもない。背伸びをして袋を摑む。しかし、引き摺《ず》り下ろそうとした拍子に段ボールの蓋に引っかかって、ズルッと棚から箱が半分ほど飛び出した。

「うわ……うっ」

咄嗟に傾いた段ボールを両手で押さえた。ペットシートの袋が落ちて、床にばらばらと散らばる。こうなってしまったら仕方ない。シートは後で片付けるとして、とにかく段ボールを押し戻そうと必死に腕に力を入れる。

だが、重たい箱は半分以上棚からはみ出し、景の両手で何とか支えている状態だ。背伸びした足がぷるぷると震えているのがわかる。

まだみんな残って事務作業をしているはずだ。

「あ、ヤバイ……豆福、誰か呼んできて……っ」

『あんあんっ！』

状況を察した豆福がすぐさま開けっ放しのドアから飛び出していった。

間もなくして彼が連れてきたのは、この病院で一番背の高い人物だった。

「おい、どうした――」

部屋を覗いた行平が、ギョッとしたように叫んだ。「何をやってるんだ、お前」

急いで中に入ってきた彼は、景が必死に支えていた段ボールをぐっと棚の奥へ押し込んでくれた。両腕にかかっていた負荷が消えて、ホッと胸を撫で下ろす。

「――す、すみません。ペットシートの袋を取ろうとしたら、一緒に段ボールまで引き摺っちゃって」

限界まで背伸びをしていた足はもう少しで攣《つ》るところだった。踵《かかと》を床につけて安堵していると、背後で行平が呆れたようにため息をついた。

「びっくりするだろうが。豆福が凄《すご》い勢いで駆け込んできて、俺のズボンを引っ張るから何事かと思ったぞ。横着せずに踏み台を使えよ」

「すみません。届くと思ったんです」

反省して振り返る。と、すぐそこに行平の顔があって、景はビクッと固まった。

景の肩に手をつき、もう片方の腕で段ボールを軽々と押し戻したその位置から微動だにしていなかった行平は、自身の体と棚の間に景を挟みこんでじっと見つめてくる。

「うわっ」

考えるより先に体が動き、景は咄嗟に両腕を突っ張った。

不意打ちで突き飛ばされた行平が「うっ」と低く呻《うめ》く。

「――…おい！　何しやがる」

苛立《いらだ》った声が飛んできて、ハッと我に返った景は青褪《あおざ》める。すぐさま謝った。

「すっ、すみません！　今のは違うんです。ちょっとびっくりしただけで、わざとじゃないんですよ。先生がそんなところに立ってるから」

「俺のせいにする気か」

「いえ、そんなつもりはまったく。俺が悪かったです、ごめんなさい！」

一瞬、沈黙が落ちた。突然、行平が胸を押さえて「……うっ」と、苦しそうに呻く。その場に蹲《うずくま》ってしまう。

「え？」景は焦った。「せ、先生？　大丈夫ですか！」

慌てて床に膝をつき、行平の顔を覗き込もうとしたその時、ぐっと腕を摑まれた。景の腕を捉えた行平が俯けていた顔を上げる。

真剣な表情をした彼と目が合った。

「……せ、先生？」

「なあ。俺はゆうべ、やっぱりお前に何かしたんじゃないのか？」

唐突に問われて、景は思わず押し黙った。

「――…な、何もしてないですよ？」

上擦《うわず》った声で答えると、行平が目を眇める。

「だったら何で、お前はそんな態度をとるんだよ。今日は一日中、俺のことを避けてただろ」

「――！」

途端に挙動不審になった。視線が泳いで、行平から逃げようと豆福を探す。

だが、そうはさせるかと行平が両頬をがしっと押さえてきた。真正面から彼と見つめ合う格好で固定されてしまう。

「酒が入っていて、本当によく覚えていないんだ。何があったのかきちんと説明してくれ。俺がお前を怒らせるようなことをしたのか？　それならちゃんと謝るから。何も言わずに俺を避けるな」

真摯な眼差しに捕らわれて、景は激しく狼狽《うろた》えた。

本人を前にして、本当のことを言えるわけがない。――先生がキスをするから、昨夜は興奮して一睡もできませんでした。先生が覚えていなくてホッとしたけど、かえって意識してしまって今日はまともに顔も見られませんでした。――そんなこと、言えるはずもない。

「お、おなかがすいて」

景は頭をフル回転させて言った。

「は？」と、行平が眉を寄せる。

「そう、今日は何だか物凄くおなかがすく日だったんです。だから、先生の顔を見ると条件反射でゴハンが食べたくなるから、見ないようにしようと思って……」

今度は行平が押し黙った。

僅かな沈黙を挟み、「何だそりゃ」と呆れ返るみたいに呟く。

「何だよ、腹が減るから俺を避けてたのか？」

景はこくこくと頷いた。言いながら自分でも「何だそりゃ」と思ったが、もうこれで貫き通すしかない。

「バカだな」と、行平が言った。

「そんな理由で俺は一日中ヤキモキさせられてたのか。まったく、細っこいくせに燃費の悪い体だな。何だよ、弁当をもう一つ持たせてやればよかったのか？　びっくりさせるんじゃねーよ、お前にどんな酷《ひど》いことをしたのかと思って、必死に記憶を辿《たど》ってたのに」

軽口とは裏腹に、ホッとしたように行平が頬を弛ませた。

その瞬間、何かが爆《は》ぜたみたいな音を立てて心臓が大きく跳ねた。

「……っ」

びっくりして思わず自分の胸を鷲摑む。激しい動悸に軽い眩暈《めまい》がする。

「しょうがねえな」

行平がどこか楽しげに言った。「今日はもうこれで上がりだから、買い物に行くぞ。シートを片付けたら、着替えて外で待ってろ。豆福も一緒に行くだろ？」

『あんっ！』

「ほら、これをやるからもう少し我慢しろ」

スクラブのポケットから行平が取り出したのは、バナナミルク味のキャンディーだった。手のひらに握らされて、もう抑えがきかないほど胸が高鳴る。

部屋を出ていく行平の後ろ姿を茫然と見つめながら、唐突に気づいた。

心臓が痛いほど脈動する。顔がカアッと熱くなり、胸がきゅんと切なくなる。

もしかしてこれって、やっぱりそういうことなんじゃないだろうか。もしそうだと仮定すれば、この一言で腑《ふ》に落ちなかったすべての事象に説明がつく。――答えが出てしまった。

散らばったペットシートを片付けてからスタッフルームに戻り、着替えて外に出た。

宮坂たちも次々と病院から出てきて、景は豆福と一緒に「お疲れさまでした」と彼らを見送った。あと残っているのは行平だけだ。

胸の高鳴りが一層大きくなる。ドックン、ドックン、と心臓が忙しく伸縮を繰り返し、切なくて仕方ない。先ほどからずっと頭の中心に浮かんでいる言葉をなぞって、カアッと首筋から熱が駆け上ってくる。

「豆福！」

いきなり呼ばれて、地面の匂《にお》いを嗅《か》いでいた豆福がビクッと顔を撥《は》ね上げた。景は急いで豆福を抱き上げて、悶《もだ》えるように腹毛に顔を埋《うず》める。

「豆福、どうしよう。俺、気づいちゃった」

『あ、あぅ？』

「俺――」

行平のことが好きなのだ。

その気持ちは、憧《あこが》れとか尊敬とかそういう類《たぐい》のものではない。いつからそんな目で行平を見ていたのかは自分でもわからない。だが、恋愛対象として行平に好意を持っていることは間違いなかった。

「豆福、どうしよう。どうしたらいいと思う？」

『あ、あうぅ』

柔らかい腹毛に興奮気味の鼻息を吹きかけられて、豆福が弱ったように身悶える。

「先生はどう思ってるのかな？　でもほら、昨日は俺のことをかわいいって言ってたんだよ。完全に酔っ払ってたけど。あれって本音かな？　本音だったら、もしかして両想いだったりして――……いや、ちょっと待てよ。そういえばバカとも言ってたな。しかも二回も。だけどバカな子ほどかわいいともいうし……ねえ、豆福ぅ、どう思う？」

『あ、あうんっ』

豆福がなまめかしく身を捩《よじ》ったその時、尻ポケットで携帯電話がバイブした。

「あ、先生かも。ちょっと豆福、待っててね」

はあはあと息を切らしている豆福を一旦地面に下ろして、景はいそいそと携帯電話を取り出す。――が、画面に表示されていたのは別の人物だった。

目を丸くして、急いで耳に押し当てる。

「もしもし？」

『ああ、小早川くん？』

のんびりとした声が言った。『俺、市ヶ谷《いちがや》だけど。元気にしてる？』

「はい。どうも、ご無沙汰してます」

以前、二度目の就職でお世話になった元ペットサロンの店長だ。

「どうしたんですか？　珍しいですね」

店舗を閉鎖してからは初めてだった。

『うん、そうなんだよねぇ』

回線の向こう側で、市ヶ谷はどこかもったいつけるような間をあけて言った。

『実は、今日は小早川くんに折り入って相談があってさ――』

思いがけない相談に、景は戸惑った。

9

自分はどうやら行平のことが好きらしい。

気持ちを自覚してからというもの、やはり彼を意識せずに過ごすことは容易ではなくて、どうしても不自然さが際立ってしまう。

だが、そのせいで行平にまた避けていると疑われたくない。

何とか彼にはこの疚《やま》しい下心がバレないように、景は努めて平静を装っているつもりだ。

しかし、行平に名前を呼ばれただけで頬が弛んでしまうし、彼に「頼むぞ」と言われると嬉しくて、必要以上に張り切ってしまうのだった。

この二日にわたるいつもの天真爛漫《らんまん》さとは一味違う景を、豆福だけでなく、入院、外来動物たちも興味深そうに眺めていた。動物たちが豆福に向けて話しかける場面が目立ち、豆福もそれに『あうーん』と、困ったように答えている姿が病院のあちこちで見かけられたが、肝心の景は気づいていない。

「何かいいことがありましたね？」

入院室の掃除をしながら広瀬が断定口調で問いかけてきた。

「え？」

「顔が弛みっぱなしです。小早川先生はすぐに表情に出る方なので」

「あっ、えっ、そ、そんなにニヤニヤしてましたか」

急いで頬を摘《つ》まんで引っ張ると、広瀬がくすっと笑って言った。「お花畑みたいです。歩くたびに先生から花がぽろぽろ落ちていっているみたいで、見ていてとても和みます。先日までは少し元気がなかったようですから。動物たちも一安心みたいですよ」

「え、そうかな?」

思わず豆福を見ると、『くうんくふっ』とかわいらしく首を竦めてみせた。

「小早川先生が元気でいてくれないと、この病院の雰囲気も全体的に活気が下がるような気がします。ムードメーカーなんですから」

『あんっ!』

何だか照れ臭くて、景は頭を掻きながら「そうかな」と顔をほころばせる。褒められるとすぐに図にのってしまうのが景の悪いクセだ。

「ところで、悩み事は解決したんですか?」

ポーカーフェイスの広瀬が珍しく微笑みを浮かべながら訊ねてきた。

一瞬、あれと思う。悩み事があるという話を自分は彼女にも喋っただろうか。

「——…あ、はい。解決ってわけじゃないですけど、とりあえず自分の答えは見つかりました。だから、ぐるぐる考えることがなくなって、すっきりしたというか。何だか、お騒がせしてしまってすみません」

「そうですか」

広瀬がホッとしたように言った。「それはよかったです。院長先生も機嫌が戻られたみたいですし、これで私も心置きなく実習を終われそうです。……できればもう少しここにいて見届けたかったんですけどね」

最後のぼそっとした呟きは聞き取れなかったが、実習生の彼女にまで気を遣わせてしまったのは事実だ。ニヤニヤしている場合じゃない。残りの実習期間も残すところあと一日。先輩としてキリッとしたところを見せないと――。

格好をつけようとするとかえって失敗するタイプの景は、広瀬と豆福に「ドンマイです」『あわんっ』と励まされつつ、行平にも「何をやっているんだ」と、コツンと頭にお叱《しか》りを受けて、最後の最後にちょっとだけトリマーらしく彼女に皮膚病患畜の毛刈りの注意点を指導しながら、あっという間に実習期間が終わってしまった。

「この二週間、とても勉強になりました。みなさん、お世話になりました。どうもありがとうございました」

最終日の診察時間が終了して、ささやかながらスタッフ全員で『お疲れさま会』を開き、本当によく働いてくれた広瀬を労《ねぎら》った。広瀬との別れを惜しみ、我慢していた景はやっぱり最後で泣いてしまって、逆に彼女に励まされるという情けない姿を晒《さら》してお開きになった。

「小早川先生、頑張ってくださいね。応援しています」

「？　は、はい。頑張ります！　広瀬さんも、頑張ってください」

にっこりと微笑んで去っていく広瀬を、みんなで病院の前から手を振って見送る。再び目を熱いもので潤ませていた景に、行平が不思議そうに訊いてきた。

「応援しているって何のことだ？」

「さあ」景も首を捻りつつ、答える。「たぶん、俺がちょっとの間、悩んでいることがあったからだと思います」

「悩み？　何だよ、悩みって」

すぐさま訊き返されて、景はハッと顔を向けた。

「あ、えっと……」

じいっと行平の視線が突き刺さってくる。景は動揺をこらえつつ頭をフル回転させる。

「仕事が、上手くいかなくて――…実習生の広瀬さんの方が俺なんかよりもよっぽどしっかりしているので、それでちょっと落ち込んでしまったことがあって……」

嘘は言っていない。確かに前半は主にそれが理由で彼女に敵対心を燃やし、悩んだこともあったのだ。

行平が僅かに目を瞠った。

「お前は頑張ってるよ」

ポンッと景の頭に手を乗せる。「それは俺が一番よく知ってる。誰かと比べなくたって、もううちにとってはなくてはならない重要なスタッフだ」

はたかれるのではなく、いつになく優しく撫でられて、景はビクッと背筋を伸ばした。

胸がぎゅっと詰まり、切ないほど苦しくなる。

「……っ」

忙しい動悸に小さく喘《あえ》ぎながら、咄嗟にしゃがみこんで豆福を抱き上げた。

景の心音を聞いた豆福が、びっくりしたように『だいじょうぶ？』と、心配して見上げてきた。

広瀬の実習期間が終わって、改めて彼女の有能さを思い知らされた。

再び人手不足に陥ったくにおか動物病院は、毎日朝から大忙しだ。景もあっちに行ったりこっちに行ったりと病院内を何度も往復する。豆福も最初はついて回っていたが、さすがに疲れたのか途中からトリミング室でおとなしく待機していた。

たまたま診察室の前を通りかかると、行平のぼやきが聞こえてきた。

「もう一人くらい、スタッフが欲しいよなあ」

宮坂と中谷もそれに激しく同意しており、つまりはそれくらい忙しいということだ。景は景でトリミング室の一切の管理を任されているので、最初の頃みたいに行平の専属助手として補助に回ることもできない。手伝いたいけれど、今やペットのトリミングもこの動物病院を支える大事な収入源だ。行平からも「そっちはお前に任せた」と言われているので、景は自分の仕事に集中してこなしていくのが結果的にこの病院のためになる。

駅前のココマチクリニックにあるサロンもオープン当初は話題になっていたが、どうも評判はイマイチらしい。そういう事情もあって、くにおか動物病院のトリミング室を勧めてくれるオーナーさんも多く、おかげさまで新規のお客さんが徐々に増えていた。

一方で、忙しさのあまり行平の動向をいちいちチェックする暇もなく、ことあるごとに彼を意識してドキドキしていた先週よりは比較的心理状態が落ち着いている。恋愛経験値がほぼゼロの景は、恋愛とその他に注ぐエネルギーのバランスがいまひとつ摑めずにいた。全力でドキドキするから毎日浮かれ気分な反面、夜にはぐったりと疲れてしまうのだ。

更に昨日一昨日《おととい》と連続して急患が入り、遅くまでバタバタしていたのでスタッフ全員がお疲れモードだった。

とにかく、今日を乗り切れば明日は休診日だ。しかも行平が明日明後日《あさって》と隣県で開催される学会に出席する関係で、病院は臨時休業。出張する行平には申し訳ないが、景たちは二連休になる。あとひと踏ん張りだ。

「館林ぷに子ちゃん、どうぞ」

待合室に向けて声をかけると、館林が「はーい」と手を上げた。

「こんにちは、館林さん。ぷに子」

「こんにちは、小早川先生。今日もよろしくお願いしますね」

『ぶにゃん』

いつも通り、ぷに子のシャンプーを開始する。豆福はそわそわとしながら眺めており、ぷに子も時々チラッ、チラッと豆福の姿を確認している。種族を超えた友情が微笑ましい。

ドライヤーを取り出しながら時計を見て驚いた。今日は随分と早く終わったものだ。何か一つ工程を飛ばしてしまっただろうか。一瞬考えたが、すぐに原因に思い当たった。

いつもならずっと喋っている館林が、なぜか今日に限っては黙って景の作業を見守っていてくれたからである。館林が投げかけてくる世間話やぷに子の相談やプライベートに突っ込んだ質問まで、受け答えをする時間が省けてその分作業に集中できたのだった。

しかし、お喋り好きの彼女にこれだけ黙っていられると、さすがにどこか具合でも悪いのだろうかと心配になる。

「館林さん、ぷに子の体重が一キロ減ってましたよ。最近は、運動をしてるんですか？」

「あらそう？　ぷに子はいつもと変わらないと思うわ。食べて寝てるだけよねえ」

「毎日暑いですからねえ。食欲がちょっと落ちたりしてるのかな？」

「んー、どうかしら。相変わらずお皿は空になっているようだけど……」

やはり、会話にいつものキレがないように思う。話も景が振らないと続かない。普段は館林の方から話しかけてくれるのに。時々何か考え込むように黙ってしまって、自然と沈黙が増えていった。

本当に大丈夫かな――いよいよ心配になる。ぷに子と豆福を並べて恒例のドライヤー扇風機を当ててやりながら、景は横目に館林の様子を窺う。何やら思案顔で時折そわそわと落ち着きがなさそうに頰に手を当てたり、腕を擦《さす》ったりしている。

ドライヤーのスイッチを止めて、二匹の毛並みを整えてやる。

「館林さん、ぷに子のシャンプーが終わりましたよ」

声をかけると、館林はハッと我に返ったように腰を上げた。

「あら、もう？　あらあら、すっかり美人さんになっちゃって、まあ……」

わざとらしく声を上げてぷに子を撫でる館林に、景は思い切って訊いてみた。

「あの、どうかされたんですか？　今日はずっと何か考え事をされているようだったんで」

少し躊躇うような間をあけて、彼女が神妙な面持《おもも》ちで言った。

「小早川先生、この病院を辞めちゃうって本当？」

「え？」

予想外の言葉が返ってきて、景は思わず面食らう。館林が堰《せき》を切ったように口を開いた。

「さっき、待合室で木村《きむら》さんとお話ししていて聞いちゃったのよ。小早川先生に引き抜きのお話が来ているんですって？　どこかのペットサロンから。そうよね、小早川先生の腕なら、そういうところからもお誘いはあるんでしょうけどねえ。でもやっぱり、急にそんなことを聞かされて、私も動揺しちゃって。せっかく素敵なトリマーさんと出会えたのに……」

「ちょ、ちょっと待ってください」

景は焦って言った。「どうして、そんな話を木村さんが知ってるんですか」

「ちょっと前に、小早川先生が電話で話しているのを聞いたって言ってたわよ。何でも新しいサロンができるんでしょ？　そこに小早川先生がスカウトされているみたいだって。小早川先生も、ここに来る前はそういう場所で働いていたのよね？」

景は一瞬きょとんとした。——電話で話しているのを聞いた？

そうか、もしかしたらと、記憶を辿っていた景にも思い当たる節があった。先日の市ヶ谷から掛かってきた電話である。

そういえば、電話を受けたのは外だったし、あの辺《あた》りを顔見知りの木村が愛犬を連れて歩いていても不思議ではなかった。病院の前の往来をペットの散歩コースにしているオーナーさんも多い。どういう経緯《いきさつ》で通りかかったのかはわからないが、話の内容を聞かれていたのは間違いなさそうだった。

——実は、今日は小早川くんに折り入って相談があってさ——。

そう言って彼が切り出した相談というのは、新しいペットサロンをオープンさせるという話だったのだ。一度事業に失敗しているが、トリマーとしての腕はいいので景ももったいないなと思っていたのである。失敗の原因は、彼自身が決定的に金勘定が苦手だったこと。今度はきちんと経理を雇うそうで、心機一転して新たに店舗をオープンさせるらしい。

——そこで、小早川くんにもうちのトリマーとして働いてほしいんだよ。聞いた話だと、今は病院で働いているんだって？　せっかくのトリミング技術が存分に発揮できない職場だと、働いていてもやり甲斐《がい》がないんじゃないの？　一度解雇した身としてはどの面下《つら》げてと思うかもしれないけど、小早川くんの腕は買ってるんだ。もう一度、一緒に働いてもらえないかな？　真剣に考えてくれないか。

解雇云々《うんぬん》については、景は別に市ヶ谷のことを恨んでいるわけではない。世話になった恩人なので、何かあれば自分に出来る限りの協力をしたいと思ってはいるが——。

「あの」

景は困惑気味に言った。「この話は、ここだけの話にしておいてもらえませんか。木村さんなんですけど、館林さんの他にも誰かに喋っておられました？」

「さあ、どうだったかしら？　私が聞いた時にも、周りには何人か人がいたからねえ。聞こえている人もいたんじゃないかしら」

内心で頭を抱える。人伝いで根も葉もない噂が広がることほど怖いものはない。

「それで本当なの？　小早川先生はここを辞めてペットサロンに転職するの？」

「いえ、ですからその話は……」

「あら！」

その時、館林の目線が景を越えて背後に向いた。

「若先生、ちょうどよかったわ。今、小早川先生の転職について話を聞いていたところなのよ。引き抜きのお話が来てるって聞いて、もうびっくりしたわよ」

どっと冷や汗が吹き出してくるのが自分でもわかった。よりによって、このタイミングで行平が現れるとは――。

もちろん、行平にもこの話はまだしていなかった。景の口からは誰にも言ってないので、当然行平も初耳だろう。顔を引き攣らせる景とポーカーフェイスの行平の間に、酷く気まずい空気が横たわる。

何も知らない館林がしみじみと言った。

「若先生も寂しくなるわよねえ、広瀬さんもいなくなって、小早川先生までもなんて」

「……そうですね」

行平の言葉に、景は思わず「え？」と声を漏らしてしまった。

「小早川先生を引き止めてちょうだいよ、若先生」

館林がじれったそうに言うと、行平は苦笑いを浮かべる。

「それはまあ、彼の人生ですし。小早川、次の患者のカルテだ。頼んだぞ。それじゃ、館林さん。ぷに子もまたな」

「あ、あの……っ」

部屋を出た行平に、宮坂が話しかける様子が窓越しに見えて、景は踏み出した足を仕方なく戻した。背後で館林が、「もう、若先生ったら冷たいんだから」と不平を零《こぼ》している。

どうしよう――景は大いに焦った。先ほどのやりとりだと、完全に行平は誤解してしまったようだ。

宮坂と話しながら診察室へ戻っていく行平の背中を見つめて、景はやきもきした。


「小早川くん、ちょっと来て」

トリミング室の片付けを終えてスタッフルームに戻ると、宮坂と中谷に手招きして呼ばれた。もしかして行平から彼らにも何か話がいったのではないかと、思わず身構える。

「ねえ、これ見てよ。これって、小早川くんだよね?」

しかし、宮坂が差し出してきたのは一冊の雑誌だった。動物を連れてきていたオーナーさんが見つけて持ってきてくれたらしい。開いたページには《トリマーコンクール》と見出しが躍っている。

「ほら、ここ」中谷がページの端を指差して言った。「ここに写ってるの小早川くんよね? 若い! 二十歳だって。今でも十分若いけど、もっと幼ーい」

示されたのは、トリマーのたまごたちが競うコンクールの記事だった。大きく取り上げられているのは一般の部で、学生部門はそれよりも扱いが小さい。もう三年近く前の写真だが景にも見覚えがあるものだった。自宅にもこの雑誌は大事に保管してある。景が準優勝した時のものである。

「凄いね、準優勝だって」

「あ、それは学生の時の話で。プロの次元ではまだまだ全然……」

「えー、謙遜しなくてもいいじゃない。十分凄いわよ。確かに、今までのうちで働いていたトリマーさんとは道具の扱い方からして違うもんね」

「賞を獲るくらいだもんなあ。かっこいいなあ、小早川くん。ペットサロンで働いていた時も優秀なトリマーさんだったんだろうな。指名とかバンバン入ってたんじゃないの？」

「そ、そんなことないですよ……」

いつもの景ならおだてられて調子にのるところだが、今日はその話題を持ち出されてもまったく嬉しくない。逆にひやひやする。

宮坂たちの耳にはまだ例の噂は入っていないようだ。行平には聞かれたくない話だと思っていると、宮坂が景の背後に向けて言った。

「ねえ、院長先生。先生もそう思いますよね？」

「――！」

バッと振り返ると、いつからそこにいたのか行平が立っていた。まったく気配に気づかなくてギョッとする。

「行平先生も見ます？　ここに専門学校時代の小早川くんが載ってるんですよ。準優勝ですって。こんな立派な成績を黙ってなくてもいいのに。優秀なトリマーさんですよねえ」

中谷が雑誌を行平に手渡した。「あ」と、思わず景は手を伸ばした。しかし、阻止する前に行平が雑誌を受け取ってしまう。

記事を読む行平は無表情だった。何を考えているのかわからない。

「――…へえ、凄いじゃないか」

行平がぽつりと言った。

「あ、あの、先生……」

「宮坂、こっちのカルテを整理しておいてくれ」と、行平はカルテを渡して踵《きびす》を返す。

スタッフルームを出ていく彼を景は慌てて追い駆けた。

「先生、待ってください。昼間、館林さんが言っていた話なんですけど」

「いいんじゃないか？」

「え？」と、景は咄嗟に訊き返していた。

ちらっと目線だけで振り返った行平が信じられないことを口にした。

「もともとお前がやりたかったのは動物病院での仕事じゃなくて、美容院の方だろ？　賞を獲るぐらいだったんだ、せっかくの腕がもったいない。ここではお前の才能を思う存分発揮させてやれない。きちんと生かす場所に行くべきだ」

「――……」

景は思わず言葉を失ってしまった。てっきり、行平には「仕事を途中で投げ出すつもりか」と叱られるとばかり思っていたのだ。「借金を返すまでここから逃がさねえぞ！」そう言って、引き止められるに違いない。だから景は、怒鳴《どな》り散らす行平にあの噂は誤解なのだときちんと説明しようと思っていたのに――予想外の展開に大いに戸惑う。

「そのペットサロンって、どういうところなんだ？　そこの経営者と知り合いなのか」

「あ、はい。以前働いていたペットサロンの店長が新しく店を開くことになって、それでトリマーを探していると言われて」

「信用できる相手なのか？」

「それは――はい。以前もすごくお世話になった方なので。トリマーとしても尊敬してますし」

「そうか。だったら安心だな」

行平が頷く。その瞬間、自分の心臓がざわりと嫌な音を立てたのがわかった。

「で、でも！」景は食い下がった。「俺、まだ借金が返せてませんよ」

「そんなもんは、別にここにいなくたって金を稼いで返済すればいいだろ。前に、自分でペットサロンの方が給料もよかったって言ってたじゃないか。きちんと休みも取れてたし、残業もなかったんだろ？」

淡々と言われて、あまりにもびっくりした景は押し黙ってしまった。

そういう問題じゃないのに――ショックだ。行平は、景がここからいなくなってもいいのだろうか。

「……うちにとってはなくてはならない重要スタッフだって、言ったくせに」

「何？」

声が小さくて聞き取れなかったのだろう。行平が顔を顰めた。

確かに、引き抜きの話があったのは事実だ。でも、受けるとは景は一言も言っていない。

それを伝えるはずだったのに、なぜかまったく別の言葉が口をついて出た。

「俺が辞めたら、また別のトリマーさんを雇うんですか？」

「……まあ、そうなるだろうな」

「――っ」

お前の代わりなんか他にたくさんいると言われた気がして、胸の奥がぎゅっと潰れる。

行平が小さくため息をついた。

「……お前の悩み事って、本当はこれだったのかよ。俺を避けていたのも、引き抜き話をもらって気まずかったからか？」

「――……え？」

その時、閉めた入り口のドアがドンドンと鳴り響いた。「すみません！」と、声がする。

行平が真っ先に反応して、走っていく。宮坂と中谷も出てきて、景も後に続いた。

ドアの鍵を開けた途端、犬を抱いた中年女性が血相を変えて、「この子がペットボトルの蓋を飲み込んじゃったんですよ。助けてください！」と転がり込んでくる。

結局、その日はもう一件別の急患が入り、三日連続で残業をする羽目になった。

どちらもすぐに処置を行い、幸い入院するほどのものではなかったので、二匹とも元気になって帰っていった。

時計を見ると、すでに十一時近くになっていた。

「院長先生、明日は学会ですよね？　ここは俺たちがやっておくんで、先に上がってください。まだ何も準備をしていないんでしょ？」

「悪いな。じゃあ、先に上がらせてもらうわ。後は頼んだ」

行平が肩と首を回しながら、診察室を出ていく。景はあたふたとする。一瞬追い駆けようかと迷ったが、諦めた。行平と話をしたかったが今日はもう無理だろう。自分たちは明日が休みだからいいが、行平は出張だ。

景はため息をつき、後片付けに意識を戻した。

翌日。

景はいつもと同じ時間に起床して、豆福を連れて朝の散歩に出かけた。行平の出張中は景の自宅で豆福を預ることになっている。

ゆうべはまた一睡もできなかった。

本来、景は寝つきがいい方で、布団に入ったらいくらもしないうちにぐっすり寝入ってしまうタイプだ。徹夜は経験しているが、横になって一睡もできなかったことなど今まで一度もなかった。それが今の職場で働き始めてからはもう昨日で二回目。しかも仕事とは関係なく、すべて行平絡みのことで頭がいっぱいになり寝付けなくなってしまうのだ。

豆福はしっかり寝たので、朝からご機嫌だった。環境が変わっても景とずっと一緒にいたのでストレスはなかったようだ。

トテトテと豆福が歩き、景もあくびをしながらついていく。

間もなくして病院が見えてきた。その時、豆福が『あんあん！』と尻尾を振って鳴く。

病院の門から出てきたのは行平だった。

この時間に出かけるようなことを言っていたので、景の方は確信犯だ。それでもスーツを着た行平の姿を目にした途端、不意打ちで出会ったみたいに胸が高鳴り始めた。

一方、豆福の声に驚いたようにこちらを見た行平は、景に気づくとまるで幽霊でも見たかのような顔をしてみせた。

「どうしたんだ、お前ら。今日は休みだって言っただろ。まさか忘れてたのか」

本気で疑われて、景はブンブンと首を横に振る。「忘れてませんよ。豆福の散歩です」

緊張のせいか、少しムッとした言い方になってしまう。

「散歩？　たまの休みなのに朝が早いな」

行平がふっと笑う。昨日の気まずい雰囲気は一晩たって消えていた。いつもの彼だ。

「お前の担当は今日の夕方だったっけ？　今さっき確認したけど、特に入院動物に問題はなかったから。夕方の給餌を忘れずにな」

休診日とはいえ、預っている動物がいれば掃除と給餌のために、スタッフの誰かが決まった時間に出てこなければいけない。大型病院なら二十四時間体制の看護が可能だが、町の小さな個人病院では、そんなことをしていてはとてもではないが人間の方が体がもたなくなってしまう。入院の際は、オーナーさんにその辺りの事情についてあらかじめ説明をし、了承してもらっている。

今日の担当は景だ。明日が宮坂。

「はい。任せてください」

「それじゃ、あとは頼んだぞ。土産を買ってきてやるから。じゃあな、豆福」

『あんっ！』

行平が背を向ける。

「あの、先生」

思わず呼び止めると、行平が振り返った。

「どうした?」

「あの、えっと……」

だが、もごもごと口を動かすだけで続く言葉が出てこない。固まってしまった景を不審そうに見やりながら、行平が見かねたように言った。

「そういえば、お前。引き抜きの話はもう先方に返事をしたのか?」

「え?」

ハッと我に返って、急いでかぶりを振った。「ま、まだです」

「そうか」と、行平が小さく息をつく。

「決まったらきちんと言えよ。大体、こういう大事なことはお前の口から俺に先に言うもんだろうが。館林さんから聞かされるってどういうことだよ。引き継ぎの件もあるんだし、社会人なんだからそういうことはきちんとしてくれ。まあ、送別会ぐらいはしてやるから」

「あの、その話なんですけど、俺は……」

その時、行平の携帯電話が鳴り響いた。画面を確認した彼が電話に出る。

「もしもし? ああ、おはようございます」

話しながら、腕時計に視線を落とす。「ちょっとすみません」と電話の相手に断って、行平が一度こちらを向いた。「悪い。電車の時間があるからそろそろ行くわ」

「あ、はい。いってらっしゃい」

急いで言うと、行平は携帯電話を耳に押し当てながら、景と豆福に軽く手を上げる。すぐに背を向けて歩き始めた。

小さくなっていく背中を見つめながら、景はしゅんと項垂《うなだ》れる。

「どうしよう、また言えなかった。先生に誤解されたままだ……」

独りごちて、ふいに泣きそうになった。

やっぱり、引き止めてはもらえなかった。もし本当に動物病院を辞めることになったとしても、行平はそれを黙って受け入れる気でいるのだ。一緒に力を合わせて働いて、一緒にゴハンを食べて、一緒に豆福の散歩に出かけて――これからもそんな時間がずっと続けばいいなと思っていたのは自分だけで、行平にとってはそうでもなかったということだ。

『くぅ？』と、豆福が心配そうに見上げてきた。景はしゃがんで、豆福を抱き上げる。

「俺、思い上がってたな。俺は先生に必要とされているんだって思ってたけど……」

『くうん』

結局、景は病院スタッフの一員で、行平にとっての特別にはなれないのだなと考えて、深く落ち込んだ。

10

広瀬から景の携帯電話に着信が入ったのは、入院室の掃除をしていた時だった。

『小早川先生、病院を辞めるって本当ですか？』

まさか彼女からそんな電話がかかってくるとは思わなかったので、景はびっくりした。

なぜ知っているのかと訊ねると、つい先ほど偶然立ち寄った書店で館林とばったり出会ったのだそうだ。

『先生がペットサロンに転職するって聞いて、驚きました。あんなに病院のために頑張っていらしたのに、どうして急にそんな話になったんですか！』

珍しく声を荒げる広瀬に、景は気圧《けお》されそうになりながら答えた。

「ち、違うんですよ。それは館林さんの勘違いで、俺はまったく辞めるつもりなんてこれっぽっちもないんですって」

『――……え？　そうなんですか？』

回線の向こう側で、彼女が戸惑っているのがわかった。景は事の経緯を簡単に説明する。

『……なるほど。噂って怖いですね』

広瀬がしみじみと言った。

『それで、院長先生は何て仰っているんですか？』

「行平先生は――……いいんじゃないかって」

『は？』

一瞬の沈黙の後、彼女は『何でそんなことになっているんですか』と、呆れたように言った。『というか、小早川先生がさっさと誤解を解けばいいじゃないですか。何で黙っているんですか』

「言おうと思ったよ！」

今の景の気持ちを広瀬が一番理解してくれている気がして、つい弱音をはいてしまう。

「でも、いろいろと邪魔が入って、なかなかタイミングが合わなかったんだよ……先生、勝手に誤解したまま学会に行っちゃったし。送別会ぐらいはしてやるからとか言い出すし。もう俺、完全にここを出て行く感じになってるんですよ。今日の学会で、知り合いの獣医師さんたちに新しいトリマーを紹介してくれって頼んでたりして……。どうしよう、広瀬さん」

『どうしようと言われても……』

電話越しに、二人してため息をつく。

『院長先生は、獣医師としての腕は抜群だと思いますが、対人間になると案外不器用な人だと思うんですよね。営業スマイルは板についていますけど、見えない壁があります』

広瀬が冷静な口調で鋭いことを言った。

『これは私の勝手な推測ですが、過去に何かあったんじゃないでしょうか。たとえばトラウマのようなものとか……』

ハッとした。

すぐに思い当たったのは、行平が酒の酔いに任せて話してくれた身の上話だ。

——人間は別として、動物たちには情をもって接しているつもりだけど、無意識のうちに深入りしないようにしているんだろうな。

幼い頃に両親が離婚して、パームと一緒に父親に引き取られた行平は、子どもながらに思うところがあったはずだ。

——パームみたいに突然いなくなられるのは、やっぱり怖い。自分が愛情を注げば注ぐほど、相手が俺から遠ざかっていってしまうような気がするんだよ。

唯一の味方だった愛犬との別れを境に、行平が周囲に対して一層壁を作るようになってしまったのだと、景も過去の彼に同情した。

もしかしてと思う。自分も行平にそう思われているのではないか。過去に出会って心を開き、情をかけてやった景までもが、結局は行平から離れていくのだと考えて落胆し、諦念を持っているのだとしたら。

——人間も動物も、特別な誰かを作るのは怖いな。

行平の気弱な声が蘇った。

違うのにと歯痒《はがゆ》くなる。景は行平から離れようなんて、一度も思ったことはない。

「全部、誤解なんだよ。先生の。俺が先生の傍からいなくなるわけないのに」

『……私に言われても。院長先生に電話でもしてみたらいいじゃないですか。自分はどうしたいかをはっきりと伝えるべきですよ』

「でも、学会だし。仕事で出かけてるのに、動物のことならまだしも、私用で電話をかけたら先生の邪魔になるかもしれないし……」

『小早川先生って、そんなキャラでしたっけ？　そういうことをあまり気にしないタイプだと思っていましたけど。院長先生も忙しかったら電話に出ませんよ。それにこの件も、くにおか動物病院にとっては結構重要な案件じゃないですか？　大事なトリマーさんが辞めるかどうかの瀬戸際なのに。さっきも言いましたけど、院長先生は人間の扱いが苦手です。あと、自分の感情を曝《さら》け出すのが苦手なタイプだと思いますよ。後悔していても表には出せない。そういう気持ちは、私もよくわかりますし。小早川先生がぐずぐずしていたら、本当にあっさりと送り出されてしまうかもしれません』

「そっ、それは困る」

『私も困ります』

「え？」と、思わず訊き返すと、広瀬がいつもの口調で言った。

『院長先生と小早川先生のやりとりを見ながら、私はとても癒されていたんです。今後も何かしら理由を作って定期的に病院に通うつもりでいました。それなのに、小早川先生がいなくなってしまったら、楽しみがなくなるじゃないですか』

「……え？」

少々理解が追いつかず景は首を傾げた。そこへ、広瀬が遠慮なしの直球をぶつけてくる。

『というか、小早川先生は院長先生のことが好きですよね？　恋愛的な意味で』

「――！」

景はギョッとした。「なっ、何で⁉　何で、広瀬さんがそんなこと知って……っ」

『バレバレでしたよ。あれで気づくなという方が無理です。先に言っておきますが、私は同性同士の恋愛を否定するつもりはありませんから。人を愛する気持ちは何より尊いのです。特に小早川先生の恋は絶対に成就してほしいと思っています。言いましたよね？　私は先生のことを応援しているって』

「――あっ！」

そういえば、実習最終日に彼女を見送る際、確かにそんなことを言われたのを思い出す。

――小早川先生、頑張ってくださいね。応援しています。

「あれって、そういう意味だったんですか？　俺てっきり、仕事を頑張れって意味かと」

『そんな偉そうなことを実習生の分際で言えるわけないじゃないですか』

広瀬があっけらかんと言った。『私は以前の院長先生のことも知っていますけど、前と今とでは、院長先生の雰囲気が全然違います。学校で一度お会いした時にピンときました。この人、随分変わったなって。もちろんいい意味で、ですよ。それはやっぱり、小早川先生の影響だと思うんです。そちらの病院で働かせてもらってからすぐに気づきました。先生は院長先生にとってなくてはならない人なんですよ』

広瀬が電話越しにポンッと景の背中を押した。

『いつものへこたれない、少し図々しいくらいの小早川先生に戻って、頑張ってください』

広瀬との通話を終えた後、その勢いで市ヶ谷に電話をかけた。

返事は今月中でいいと言われていたが、最初から景の気持ちは決まっていた。あまりにも早いと考えてないように思われそうで少し時間を置いたが、先延ばししたところで答えは変わらない。

市ヶ谷とのやりとりを終えて、ふうと息をつく。一つ、肩の荷が下りた。

「よし、次は先生だ」

『あんっ』

じっと黙って見守ってくれていた豆福が、ようやくホッとしたように鳴いた。ケージの中の動物たちまでが、一斉にざわざわと動き出す。みんなにまで気を遣わせていたらしい。

携帯電話で時刻を確認すると、午後四時四十二分だった。

「もう、学会は終わってるかな。夜は懇親会だって言ってたし、かけるなら今だよね」

思わず豆福を見やる。ピンッと尻尾を立てた豆福が『うん』と頷いた。

「よし、いくぞ」

ドキドキしながら行平の電話番号を呼び出す。操作して耳に押し当てると、発信音が聞こえてきた。ざわざわしていた動物たちもぴたりと動きを止めて、ケージの中から食い入るように景を見つめている。緊張が入院室全体に伝染する。

呼び出し音が切れて、回線が繋《つな》がった。息を呑《の》んだ。

「あっ、もしもし?」

しかし、聞こえてきたのは機会音声だった。一気に拍子抜けする。動物たちも状況を悟ったのか、『もー、何だよー』と再びざわざわし始める。

電話に出ることができないと言われて、景はわたわたしながら《学会中にすみません。急用じゃないですので、気にしないで下さい。失礼します》と、メッセージを吹き込んで電話を切った。

「……はあ、疲れた。まだ学会が終わってなかったみたいだ」

張り詰めた気が弛んで、その場にへたり込みそうになる。豆福がトテテと寄ってきて、『お疲れさま』と労《いたわ》るように景の手を舐めてくれる。「豆福ぅ」『あんっ』景は豆福を抱き締めて、もふもふパワーで消費したエネルギーを補充し、気を取り直した。

「よし、あとでもう一回かけてみるよ」

『あんっ！』

残っていた掃除と給餌を再開し、すべて終わらせて一息ついた。

豆福もみんなと一緒にゴハンタイムだ。景は一人だし、夕飯をどうしようかなと考えながら、椅子に腰掛ける。

「いやいや、夕飯より行平先生だ。もう一度かけてみようかな。まだ忙しいかな……」

悩みながら、あくびを噛み殺す。ゆうべの寝不足が祟《たた》って睡魔に襲われる。いやいや、寝てる暇はない。行平先生に電話をかけて、きちんと誤解をといて、それから俺の先生への気持ちも、伝えられたらいいん、だけ、ど……。

ワンワン、ニャーニャーと騒がしい鳴き声が聞こえて、ハッと意識が覚醒した。

ガシャンガシャンとケージを揺らす音までして、「え、何？」と、景は目をぱちくりとさせる。ケージの中の動物たちが一斉に暴れ出し、景にむかって何やら訴えているのだ。

完全に目の覚めた景は焦った。

「え、どうしたの？　何事……」

急いで腰を上げたその時、『きゃんっ』と豆福が吼えた。

「豆福？」

振り返った直後、豆福が初めて見せる脚力でジャンプし、今まで景が座っていた椅子に飛び乗る。そこを踏み台にして更に脇の長机に着地した。そのまま机の上をタタタタッと走った彼が目指した先は、携帯電話だ。

ムームーと震えている。

「あ」と、思った次の瞬間、豆福が前肢で携帯電話に触れる。バイブが止まり、奇跡的に通話が繋がった。

『もしもし？』

聞こえてきた声に景はハッとした。『あんっ！』と豆福が応答する。

『……お前、豆福か？』

『あんあんあんっ』

豆福がこちらを向く。『早く早く、電話が切れちゃう！』とばかりに、尻尾を振って景を呼び寄せる。あれほど騒いでいたケージ内の動物たちもシンと静まった。そこでようやく気づく。彼らは寝ている景を起こそうとしてくれたのだ。

「豆福、みんな、ありがとう」

景は急いで電話を取った。「もしもし？　行平先生？」

『小早川か。びっくりした、豆福が出たぞ』

行平が本気で驚いたように言った。

『さっきは電話をもらったのに出られなくて悪かったな』

「いえ」景はブンブンと首を振った。「今は話していても大丈夫なんですか?」

『ああ、これから少し空き時間だ。どうしたんだ? 何かあったのか』

低めた声が心配そうに訊いてくる。行平の声に心臓がぎゅっと鷲掴みにされる。

「あ、あの、俺、先生に話があって、どうしても今言わないと……」

寝起きのせいか、頭がぐるぐると回って必要な言葉を上手く掬《すく》い取れない。電話越しに、沈黙した行平がすっと息を吸い込む気配がした。

『お前、もしかしてもう……』

その時、行平の背後で『今夜の花火大会に出かける人!』と、誰かが呼びかけているのが聞こえた。会話が途切れ、張り詰めた緊張が僅かに弛む。

「あ、花火大会があるんですか?」

会話を繋ぐため、思わず関係ないことを口にする。行平が『ああ』と言った。

『こっちは今日、近くの川で花火大会があるらしいんだ。そういえば、お前も花火が見たいって言ってたな。そっちの祭りでは射的で落とした手持ち花火しかできなかったし』

思い出し笑いが聞こえてくる。景も脳裏に蘇らせる。あれはあれでとても楽しい花火大会だった。

「いいですね、花火大会。もう夏も終わりますね」

『……一緒に見るか?』

「え？」

咄嗟に訊き返した。行平がどこか甘さの含んだ声で言った。

『一人で見てもつまらないから、お前もこっちに来るか』

「行きます！」

間髪《かんはつ》いれずに答えると、一瞬、沈黙が落ちた。おそらく行平の誘いは単なる冗談だったのだろう。しかし、そんなことは景にはどうでもよかった。このチャンスを逃さない手はないと思った。どうせ話すなら、直接会って目を見て話した方が誤解もなく伝わるはずだ。電話越しだと、また何かが嚙み合わなかった時に上手く対応ができなくて、余計にこじれてしまうかもしれない。傍にいれば誤解したままの行平になりふり構わずしがみついて、自分の本音をぶつけられるような気がした。正に渡りに舟だ。

まさか景が真に受けるとは思わなかったのか、焦ったような声が返ってきた。

『ちょ、ちょっと待て。冗談だよ、大体今からこっちに来るなんて無理だろ』

「大丈夫ですよ、電車に乗れば二時間ぐらいで行けます。花火は何時からですか？」

『え？　ああ、えっと、確かポスターには夜八時からって書いてあったはずだけど』

「八時ですね。今五時過ぎだから……大丈夫です。急げば間に合いますよ！」

『お、おい、本気か？』

行平が確かめるように訊いてくる。ふと脳裏に広瀬の声が蘇った。――いつものへこたれない、少し図々しいくらいの小早川先生に戻って、頑張ってください。

「もちろん本気ですよ。もう掃除も給餌も終わったんで、これからすぐに病院を出ます。先生、そっちで待っていて下さいね。絶対に行きますんで！」

電話を切る。景は「よし」と独りごちて、入院室を見渡した。ケージから動物たちが固唾《かたず》を呑んで見守っている。『大丈夫かな、大丈夫かな。どうだった？　院長先生は何て言ってた？』と、心配そうに景を見つめている豆福と目が合った。

「豆福。俺、今から先生に会いに行ってくる」

『！　あん！　あうーんあんっ！』

「だからごめん、少しここでみんなと留守番しててくれるかな」

『あんあんっ！』

千切れそうなほど尻尾を振った豆福が『任せておいて』と、嬉しそうに目を細めた。

11

動物たちに見送られて、景は最寄り駅へ急いだ。

三県合同で行われる地区学会の会場は、隣県の最近リニューアルした多目的ホールだ。

電車を乗り継いで、約二時間。

ようやく目的地に到着した景は、改札を抜けてキョロキョロと辺りを見回した。

「東口でいいんだよな？　先生、どこだろ……」

懇親会を途中で抜け出して待っていると、行平は言っていた。そこまでさせてかえって申し訳なかったが、電話越しの彼の声は笑っていた。『来る気満々のくせに、今更何謝ってんだよ、バカ』

駅は花火大会に向かう人たちで混雑していた。

人込みを搔き分けて進むと、見覚えのあるスーツ姿の行平が見えた。同じタイミングで、行平が携帯電話を持つ手元から顔を上げる。これだけの人が行き交う中で、まるで引き寄せられるかのように視線が交錯する。

心臓に甘い疼痛が走った。気が急《せ》いて縺《もつ》れそうになる足を必死に動かす。

「先生！」

声を上げると、ふっと微笑んだ行平が軽く手を上げてみせた。

はあはあと息を切らして辿り着く。

「本当に来たんだな」

行平が眩《まぶ》しそうに目を細めて笑った。

「はい」

景は逸《はや》る気持ちを懸命に抑えて頷く。「先生に会いたかったです。俺、先生に話さなきゃいけないことがあって」

行平が一瞬困ったような表情を浮かべた。

「とりあえず、外に出よう。ここは暑いし、もうすぐ花火が始まるぞ」

「あ、はい」

病院を出た時はまだ明るかったのに、空はもう一面藍色《あいいろ》だった。

花火会場にむかう人たちの列から少し外れて、脇道を歩く。行平の隣を歩いているだけで心臓がドキドキしていた。どういう意味合いのドキドキなのかはよくわからなかったが、景の目的は花火ではない。

頭の中に広瀬の顔が浮かんだ。豆福と、ケージの中から見送ってくれたみんなの顔も。

「あの、先生」

景は行平を呼び止めた。視線をめぐらせて、適当な小路《こみち》を見つける。

「おい？」

景は行平の手を掴むと、ひとけのない路地に連れ込んだ。行平が不審げに言った。

「どこに行くつもりだ。ここからだと花火が見えないぞ」

「いいんです。俺、本当は花火を見に来たんじゃないですから」

行平と向き合って、彼の目を覗き込む。

「お話があります。聞いてください」

ピクッと僅かに腕の筋肉が震えた。見つめ合った行平が小さく息を呑み、嘆息した。

「……俺も、お前に話したいことがあったんだよ。こっちに着いてからもずっとそのことが引っかかっていて、出かけ際にきちんと話しておかなかったことを後悔してた」

景はハッとした。嫌な予感がして、思わず腿《もも》の横で拳《こぶし》を握り締める。まさか、また背中を押すようなことを言い出すんじゃ――。

「俺は、先生の病院が大好きですよ！」

先手を打とうと、景は食い気味に言った。

「辞めませんからね。もうペットサロンの話はお断りしました。だから、出て行けと言われても行くとこがないんで、居座りますよ。――先生。先生と出会った子どもだった頃の俺の夢は叶《かな》いました。今の俺の夢は、先生の傍にいて……っ」

脳裏にパームの姿が蘇った。もうパームはいないけれど、代わりに今の行平の傍には景と豆福がいる。幼い頃の泣きべそをかいた自分の声が、頭の中で叫んだ。

――お兄ちゃんのお嫁さんになって、わんわんにもなって、ずっと一緒にいる！

「俺は――…俺は、先生を支える犬になりたい！」

ドオンッ！　と空が轟《とどろ》いた。

頭上で色とりどりの光が花を咲かせる。花火大会が始まったのだ。

しかし、目の前の行平は美しい花火などどうでもいいかのように、光に照らし出された景の顔をじっと見つめていた。戸惑ったような声が言う。

「……は？　犬？」

「あ」

景は瞬時に我に返って、あたふたとかぶりを振った。とんでもない間違いに気づく。

「ち、違うんです。今のは違うんですよ。犬になりたいんじゃなくて、先生を支える右腕になりたいって言おうと思ったんです。そしたら、頭の中にパームと豆福が出てきて、何でだか口が勝手に……っ」

肝心なところで途轍《とてつ》もなく間抜けな発言をしてしまい、カアッと顔が火を噴いたみたいに熱くなった。何でよりによって、犬になりたいだなんてバカなことを口走ってしまったんだろう――景は自分の阿呆《あほ》さが情けなく、必死に弁解した。

「犬のことは忘れてくださいね。俺が言いたかったのは右腕ですからね」

「……ふっ」

呆気《あっけ》に取られたような顔をしていた行平が吹き出した。俯き、くつくつとおかしそうに喉を鳴らす。

「どうやったらそんな間違え方になるんだよ。やっぱりおバカだな」

景は「うっ」と押し黙る。自覚しているので何も言い返せない。

ひとしきり笑った行平が、ふと顔を上げた。表情には僅かに笑みの形を残しているが、それがどこか泣きそうな顔にも見えてドキッとする。

「俺が留守にしている間に、お前が正式にサロンのオーナーに返事をしてしまったらどうしようかと、そればっかり考えてた。何で今朝、お前に会った時に『行くな』って言えなかったのか、自分の情けなさに辟易《へきえき》したよ」

行平が自嘲《じちょう》した。

その言葉を聞いて、景は驚きに目を大きく見開く。

携帯電話に景からの着信履歴が残っているのを確認して、正直、嫌な予感しかしなかったと彼は言った。また、広瀬の言葉も引っかかっていたという。

——小早川先生、頑張ってくださいね。応援しています。

引き抜きの話を聞いて、なぜか行平の思考は彼女の言葉と結び付けてしまったらしい。

「俺がお前を構いすぎたせいで、かえって俺に遠慮して大事な相談もできなかったんじゃないかと考えたら申し訳なくてさ。お前のトリマーとしての才能は素直に凄いと思うよ。まさか賞を獲るほどの腕前だったとは知らなかったけどな。だから、本当にそれが生かせる場所で力を発揮すべきだと言ったあの時の言葉は俺の本音だ。でも同じぐらい、このままうちにいて欲しいとも思った」

矛盾してるだろ？　そう問われて、景は咄嗟に首を横に振った。だってそれは、行平が景を手離したくないと思ってくれたということだ。嬉しくて胸が痛いほどに高鳴る。

「さっき、うちの病院が大好きだって言ってくれたよな」

景を見つめて、行平が泣き笑いのような微笑みを浮かべた。

「お前はうちを辞めないって、そう言ってくれただろ？　——嬉しかった。本当は俺からお前に辞めないでくれと引き止めるつもりで、駅で待っていたんだ。それが、先を越されちゃったな……」

その時、行平が自分の手を引いた。彼の手を摑んでいた景まで一緒にぐっと引き寄せられる。

「！」

突然のことに足の踏ん張りがきかず、前のめりに倒れ込む。次の瞬間、行平に抱き竦められた。

「俺が酔っ払った時のこと、覚えてるか？」

唐突にそんなことを訊かれて、景は戸惑った。ただでさえ行平の腕の中にいることが信じられなくて動揺が隠せない。彼のスーツに顔を埋めるようにして、こくこくと頷いて返す。

「残念ながら俺は途中からほとんど記憶が飛んでいるだけどさ。一つだけ、はっきりと覚えていることがある」

行平が景の耳元に唇を寄せるようにして言った。

「お前が、俺の傍にはパームの代わりに自分と豆福がいるって言ってくれただろ？　あの言葉は本当に嬉しかったんだ」

「……っ」

あの日のことは、忘れようにも忘れられない。初めて触れた他人の柔らかな唇の感触と共に、行平の声が蘇った。

——子どもながらに、俺とお前とパームの三人で幸せに暮らしたいなって思ったんだ。お前だったら俺の傍にずっといてくれるだろうな——って、そんなおかしなことを考えてたな。

——いますよ！

景はたまらず身を乗り出してそれを口にしたのだ。

——パームはいなくなってしまったけど、今は豆福がいます。俺だって先生の傍にこれからもずっといますよ。もうこの家で、俺と先生と豆福の三人で暮らしているようなもんじゃないですか。

「あれ、信じてもいいか？」

行平が懇願するように言った。

「本当に、この先もずっと俺の傍にいてくれるか？　お前がいなくなるかもしれないと聞かされた時、頭が真っ白になったんだ」

ああ、また大事なものをなくすのか――そう思った行平は、一瞬それも仕方ないと諦めかけたのだと明かした。自分の感情よりも、景の将来を考えてのことだった。

「でも、やっぱり譲れないと考え直した。後悔はしたくない。当たり前みたいに傍にいたお前がどこかに行ってしまうなんて、絶対に嫌だと思ったんだよ。お前の腕は俺が生かしてやる。だから、ここにいてくれ」

痛いほどに強く抱きしめられて、景は一瞬、息ができなくなった。声を絞り出すようにして行平が続ける。

「初めてお前に出会った時は、手のかかる弟ができたみたいでかわいいなと思っていた。今の俺は――…バカだけど、何事にも一生懸命なお前に心の底から惚《ほ》れてる。好きだ、景。お前のことが好きなんだ。仕事以外でも、ずっと傍でお前に支えてほしい」

ぎゅっと胸が詰まって、ふいに泣き出しそうになる。こんな気持ちになったのは初めてだった。

行平のことが愛しくて愛しくてたまらない。いつもは堂々としている彼の体から僅かな震えが伝わってきて、共鳴するみたいに景の心も震えた。胸の奥が引き攣れて酷く切なくなる。体の奥からぶわっと言い知れない熱が込み上げてくる。

熱の塊《かたまり》を吐き出すようにして、景は言った。

「いっ、いますよ。ずっと先生の傍にいて支えます。俺、絶対に先生から離れませんから。だって俺も、先生のことが好きで――…好きで好きで好きで、惚れてます。大好きです！」

縮こまっていた腕をぎこちなく動かし、行平の背中に回した。スーツの上質な生地が指先に触れた途端、こらえきれない想いが溢《あふ》れ出し、しがみつくようにして抱きつく。

行平の厚みのある体がピクッと震えたのがわかった。

ますます彼の腕が景を引き寄せて、互いの鼓動が伝わるくらい密着する。病院の匂いが混ざったいつものスクラブとは違い、スーツのシャツの首もとからは行平自身の匂いがした。興奮して、一層胸が高鳴る。同じぐらい、行平の心臓も大きな音を立てていた。

「……景」

甘さを含んだ低い声が囁く。行平はどこか安堵したような息をつき、甘えるように顔を埋めてきた。Tシャツから剝《む》き出しの景の首筋に、動物がそうするようにして鼻先を擦りつけ匂いを嗅いでくる。ぞくっと項《うなじ》の産毛《うぶげ》が逆立ち、思わず身震いした。

「ずっと俺の傍にいろよ。俺も、お前だけは絶対に手離さないから」

「――…っ」

ちろっと首筋を舐められて、思わず声が漏れそうになった。急に雰囲気が変わった行平に戸惑いながら、景は上擦った声で言った。

「だ、大丈夫ですよ、俺はずっと先生の傍にいます。だから安心して俺を傍に置いてください。俺が絶対に先生のことを幸せにしますから。自信があります、任せてください」

景に寄りかかるようにして抱き締めていた行平が、その途端、ふっと笑った。

「……またすぐ調子にのる。何だよその強烈なプロポーズ。今度こそ本気にするぞ？」

「いいですよ。俺も本気ですから。先生、俺と一緒に幸せになりましょう。あっ、もちろん豆福も」

脳裏に病院で景のことを待っている豆福の嬉しそうな顔が浮かぶ。さっと背景が移り変わって、行平宅の居間になった。いつもの食卓。そこには行平と景と、そして豆福がいて、幸せそうに笑っている。一年後も、十年後も、もっとその先も、景は相変わらず行平と豆福と一緒に笑っているはずだ。そんな未来が簡単に想像できてしまうのがこれ以上なく嬉しい。

ふと行平の相棒の姿が頭を過《よ》ぎった。

きっとパームは、空の上から行平のことを心配してずっと見守り続けていたに違いない。立派な白い獣毛を不格好なギザギザのライオンカットにされて、困ったような顔をしていた彼。懐かしみながら、パームも成長した景を見てちょっとは安心してくれるかなと天に思いを馳《は》せた。

「何を一人でニヤニヤしてるんだよ」

少しムッとした行平に鼻をつままれて、景は「ふがっ」とブタ鼻を鳴らした。

行平がおかしそうに笑う。

「そこはワンだろ。俺の犬になりたいんじゃなかったのか？」

「！」

景はカアッと頬を熱くした。「あれはもう忘れてくださいって言ったじゃないですか。また俺のことバカにして」

くつくつと笑いを噛み殺す行平が、「バカな子ほどかわいいって言うだろ？」と冗談めかす。

景はピクッと反応して、そわそわしながら上目遣いに問いかけた。

「か、かわいい……？」

「ほらまた調子にのる」

すぐさま切り返されて、景はぶすっとむくれた。行平が「冗談だよ」と笑う。

「いいぞ、調子にのっても。お前がかわいいのは本当だから。俺が保証してやるよ」

いつになく優しい声で言って、景の頬を両手で包み込む。僅かに上を向かされて、ふわりと甘ったるい視線に搦《から》め捕られた。

「ほら、かわいい」

「――！」

みるみるうちに顔が赤く染まっていくのが自分でもわかった。

大輪の花が夜空に咲く。飛び散った光の欠片《かけら》が路地裏にも落ちてきて、行平の顔を明るく照らす。

その顔があまりにも普段の仏頂面とはかけはなれていたから、景は花火に負けないくらい大きな音を立てて胸をときめかせた。

行平が言った。

「わんこにならなくていいから、俺のお嫁さんになれよ」

「――はい、なります！　立派な嫁になるんで期待していてください」

答えると、一瞬面食らったような顔をした彼がくしゃりと嬉しそうに笑った。

「期待してる」

「はい！」

視線が絡んでどちらからともなく微笑む。

ドンッと空が轟く。

花火の音に衝《つ》き動かされるようにして、行平の顔が近付いてきた。景も自然と目を瞑り、やがてゆっくりと唇が重なり合う。

瞼《まぶた》の裏に色とりどりの光の雫《しずく》が映る。それはまるで二人のこれからの未来を暗示しているかのように、いつまでもきらきらと優しく光り輝いていた。

わんこ降って地固まる

じっと背後から彼を見つめる。

気づいた彼が困ったようにそわそわと体を揺らした。チラッ、チラッと振り返り、耐え切れなくなったのかくるりと反転して体ごと向き直った。かわいいお尻が逃げていく。

「あっ、こっち向いちゃダメだよ、豆福《まめふく》」

『あううんっ！』

豆福がイヤイヤをするように、尖《とが》った鼻先を左右に振る。

「もっとよくお尻を見せてよ。俺の股間の問題にかかわることなんだよ」

『あうっ！』

珍しく豆福が景の要求を突っ撥《ぱ》ねた。『恥ずかしいんだからね！』と、しつこく回り込もうとする景《けい》から必死にお尻を遠ざける。

「いいじゃん、初めて会った時から俺は豆福のお尻を見てきたんだぞ。いつもふりふり見せてくれてるのに」

『ああうっ』

恥ずかしげにそっぽを向いた。『好きで見せてるんじゃないもん！』とむくれる豆福。

「ごめんごめん、俺が悪かったよ」

景は慌てて豆福のご機嫌を取るように頭を撫《な》でた。豆福がチラッと様子を窺《うかが》って、『こっちこそごめんね。恥ずかしかったの』と、尻尾《しっぽ》を振って仲直り。しばらくじゃれ合って、景はハッと思い出したように訊ねた。

「ねえ、豆福もムラムラしたりとかするの？」

『くうん？』

小首を傾《かし》げる豆福を抱き締めて、あ、そうかと思い直す。

豆福はここで飼うと決めた時に、行平《ゆきひら》ともよく相談して去勢手術を行ったのだ。人それぞれ意見は違うだろうが、豆福には元の飼い主に捨てられた過去があり、景自身が動物病院で働いて学んだこと、犬の繁殖や病気の問題も十分に考慮して決断したのだった。

「俺は……ちょっとムラムラするんだよね」

『あう！』

「先生がさ、俺に触るのを避けてるっていうかさ……」

思わず不平を零《こぼ》す。もちろん、原因は行平ではなく自分にあることを景はよくわかっていた。行平は気を遣ってくれているのだ。だから余計に申し訳なく、自分の不甲斐《ふがい》なさを歯痒《はがゆ》く思っては悶々《もんもん》とする毎日だ。

「だってさ」

景は豆福に泣きついた。「すっごく痛かったんだよー、豆福ぅ」

『あ、あうぅ……』

行平と晴れて恋人同士になってから、早二ヶ月が経《た》った。

いつもは軽口ばかり叩《たた》く行平と揶揄《からか》われてばかりの景ではあるけれど、こんな二人だって時にはいい雰囲気になることがあるのだ。

行平は、昼間は動物に優しく人間には厳しい敏腕獣医師だが、スクラブを脱ぐと普通の男になる。料理が上手でお酒が好きで、豆福をかわいがり、景のことはまた違う意味でかわいがりたいと、二人きりになるとちょっと意地悪でいやらしい行平が顔を出すのだ。お互い子どもではないのだから、恋人同士なら当然迎えるべき日がやってくる。

行平と初めてそういう雰囲気になったドキドキの一ヶ月前。景も心の準備は万全だったのに——いざそうなると、堪《こら》え性のない自分のせいであえなく失敗に終わってしまったのである。行平は涙目で痛がる景を焦ったように慰めてくれて、あれはさすがに自分も覚悟が足らなかったと反省するしかなかった。

勘の鋭い広瀬《ひろせ》が何も言わずにそっと貸してくれた参考書の漫画本を熟読し、次こそはと気合いを入れ直したのだ。

しかし、受け入れ態勢ばっちりの景とは反対に、行平はそれからというもの、まったく手を出してこなくなってしまったのである。

キスはしている。でも、その先になかなか進めない。きっと、ああ見えて優しい行平のことだから、景が痛がることはしたくないと自ら欲望を抑えてしまったに違いない。

「お尻が……あの時、もっと俺のお尻に漢気《おとこぎ》があったら……」

無意識に毛むくじゃらのかわいいお尻をなでなでしてしまい、豆福がビクッと硬直する。身の危険を察したのだろう。豆福は隙《すき》をついて、早々と景の腕の中から脱出した。


十月も終わりに差しかかり、日中も過ごしやすくなってきた。

くにおか動物病院では、今月から二ヶ月にわたって秋の健康診断キャンペーンが始まり、日によっては大忙しになる。他にも、今年は残暑が厳しかったので、夏バテや夏太りの子を連れて相談にくるオーナーさん。朝夜の寒暖差で風邪をひいたり、空気の乾燥で呼吸器の病気を起こしたりする子。

夏場と比べるとシャンプーやトリミングの需要は減ったが、秋は夏に体力が落ちた動物が抵抗力も落として、感染症や皮膚病にかかりやすくなるのだ。トータルするとトリマーの仕事量は変わらない。

豆福は夏バテの心配はなさそうだった。ゴハンはもりもり食べるし、散歩も大好きで毎日トテトテと楽しそうに歩いている。

今日は珍しく外来が少なく、午前の診察も受付終了と同時に終わってしまった。雑用をしながらのんびり昼食をとっても少し時間が余るくらいで、暇そうにしていた豆福を連れて散歩に出かけたのである。

戻ってくると、病院の前に誰かが立っていた。

三十代ぐらいの華奢《きゃしゃ》で綺麗《きれい》な女性だ。背中まである艶《つや》やかな黒髪が印象的な彼女は、何か思い詰めたように病院の看板をじっと見つめている。

「あの、どうかされましたか？」

景は遠慮がちに声を掛けた。ぼんやりと佇《たたず》んでいた彼女が、ビクッと振り向く。黒髪とベージュのワンピースの裾《すそ》が驚いたように揺れた。

「すみません、まだ午後の診察前なんです。でも、もし何かお困りでしたらお話をお伺いしましょうか」

「あ……」

女性が思わずといったふうに声を漏らす。すぐにかぶりを振った。

「いえ、何でもないんです。たまたま通りかかっただけですから。すみません」

「え？　あっ」

彼女はなおざりに会釈《えしゃく》をすると、背を向けて足早に去っていってしまった。

「……行っちゃった」

『かふんっ』

怪訝《けげん》に思いつつ、景はいつもの習慣で病院の郵便受けを覗《のぞ》く。いくつか郵便物が入っていたので回収した。病院宛てのＤＭと行平個人に宛てたものだ。

「おい。何してるんだ、そんなところで」

ちょうど中から行平が出てきた。豆福が『あんあんっ』と尻尾を振って駆け寄り、行平がひょいと抱き上げる。

「先生、さっき女の人がここに立ってたんですよ。じっとうちの看板を見上げてたんで、声をかけたら『何でもない』って、すぐにどっかに行っちゃったんですけど」

「女の人？」

「はい。綺麗な黒髪の美人さん。先生よりたぶん年上だと思います。中谷《なかたに》さんよりもちょっと上ぐらい？」

さっと行平の表情が曇った。

「先生？　どうかしましたか？」

訊《たず》ねると、ハッと我に返ったように行平は「いや、何でもない」と首を横に振った。

「？　あ、先生。これ、先生宛ての郵便です」

「ああ、ありがとう。何だこれ、住所も切手もないぞ……」

渡した封筒を裏返し、次の瞬間、露骨に顔を顰《しか》めた。

「先生？」

「――…っ、あ？　そろそろ中に戻るぞ。午後の診察の準備だ」

行平が踵《きびす》を返す。彼の肩から身を乗り出した豆福のつぶらな瞳《ひとみ》と目が合った。同時に首を傾げて『どうしたんだろうね、先生』と、アイコンタクトを交わした。


件《くだん》の清楚《せいそ》美人を再び見かけたのは、それから三日後のことだった。

やはり午後の診察の前、豆福との散歩がてら宮坂《みやさか》に頼まれた郵便物をまとめてポストに投函し、民家の庭にコスモスと柿の木を見つけて「秋だねえ」『おなかすいたね』と話しながら歩いていると、「小早川《こばやかわ》さーん、豆福ー」と声が聞こえた。

振り返ると、美樹也《みきや》が飛び跳ねながら手を振っていた。豆福が『あんっ！』と嬉《うれ》しそうに鳴く。

ランドセルを弾ませて、日に焼けた手足を懸命に動かしあっという間に駆け寄ってきた。

「美樹也くん、今学校の帰り？　早いね」

「うん。今日は先生たちの会議があるから短縮授業だったんだ。豆福、元気だったか？」

美樹也は夏休みからサッカー教室とスイミングスクールに通い始めたらしい。他にも算盤《そろばん》と習字を習っているそうで、学校が終わってからも何かと忙しいのだ。

大人並みに多忙な小学二年生は、なかなか大好きな豆福に会いに来られないことを嘆いていた。今日は学校が早く引けたので、スイミングスクールの時間まで豆福をもふもふしにやってきたという。豆福はみんなの癒しアイドルなのだ。

豆福に頬《ほお》を舐《な》められて、くすぐったそうに首を竦《すく》めている美樹也と、学校の話題を振りながら病院に向かって歩く。

「あれ？　誰かいるよ、小早川さん」

住宅街の四つ角を曲がってすぐ、美樹也が言った。

景も彼が指で示した先を見やり、そしてハッと息を呑《の》んだ。黒髪の妙齢な美女。先日もそこに立って看板を見上げていた人物だ。やはり病院に用があったのだ。

その時、彼女が何かに気づいたように口を開いた。

「行平くん！」

思わず景と豆福と美樹也は口をあんぐりと開けて顔を見合わた。景はあたふたとしながら、咄嗟《とっさ》に豆福を抱いた美樹也を壁の陰に引き戻す。二人で縦に並び、緊張した豆福も一緒に息を詰めると、壁の向こう側の様子をそっと窺った。

門から出てきたのはスクラブ姿の行平だった。彼女が嬉しそうに微笑《ほほえ》む一方で、行平は迷惑そうに顔を歪《ゆが》ませている。

彼が醸《かも》し出す雰囲気を悟ったのか、彼女がハッとしたように表情を抑えた。申し訳なさそうに何かを話し出す。行平も険しい顔をしたまま黙って話を聞いている。

「小早川さん。あの人って、誰？」

しゃがんだ美樹也が小声で訊《き》いてきた。

「俺にもわかんないよ。一度、同じ場所に立っているのを見かけたことはあるんだけど……まさか、先生の知り合いだったなんて」

そういえばと思い出す。女性の外見の特徴を説明した際に、行平は何とも言えない表情を浮かべていた。もしかして彼女だと気づいていたのではないか。

「ねえねえ。あの人、院長先生の恋人なんじゃないの？」

「えっ」

「きっとそうだよ」美樹也が興奮気味に言った。「だから先生に会いに来たんだよ。綺麗な人だもん。院長先生と並んだら美男美女だよ。ね、小早川さんもそう思うでしょ？」

「……えー、そうかなあ……」

美男美女は別として、彼女が行平の恋人のわけがない。なぜなら行平の恋人はここにいる俺だから！　――と声を大にして言いたかったが、美樹也相手に怒鳴《どな》るわけにもいかず、景は内心でむくれた。

それにしても彼女のことは気になる。誰なのだろうか。行平のことを名前で親しげに呼ぶ女性。二人は一体どんな関係なのだろう。

「あれは絶対そうだよ。院長先生とチョーお似合いだもん。ね、豆福」

『ううん』

「残念、あの方は院長先生のタイプではないですよ」

突然背後から声が聞こえてきて、二人と一匹はそろってビクッと振り返った。

「え？」景はギョッとする。「ひ、広瀬さん？」

隣から、広瀬が首を伸ばして壁の向こう側を窺っていたのだ。いつからそこにいたのか全然気がつかなかった。でもなぜ広瀬が——？

「今日は創立記念日で学校も休みなんです。用があって近くまで来たので、ご挨拶《あいさつ》に伺おうと思って。そうしたら、そこで館林《たてばやし》さんに会って、午後一番の予約でぷに子《こ》のシャンプーだからと預けられました。ご自分は来客があるので後から行くと」

『ぷにゃ』と、広瀬の腕にはまるで女王様のようにふてぶてしく納まったぷに子がいた。目が合った豆福がぷに子にぺこっとお辞儀をする。

「病院に向かっていたら、偶然、お二人と豆福を見かけたので。何をしているのかなと」

美樹也も彼女とは面識があるので、「広瀬のお姉さん、何であの人が院長先生のタイプじゃないってわかるんだよ」と、不満そうに言った。

広瀬が相変わらずのポーカーフェイスで答える。

「それは野暮ってもんです」

「ヤボ？」

「大人にはいろいろな事情があるんですよ。ね、小早川先生」

訳知り顔の広瀬にチラッと目線をもらって、景は一人わたわたと狼狽《うろた》える。そこに美樹也が「あ」と小さく声を上げた。「何か、ケンカし始めたよ」

景たちも急いで壁の陰から覗きこんだ。行平と女性が何か言い争っている。話し声は聞こえないが見るからに険悪なムードだ。

「修羅場《しゅらば》だ……院長先生の浮気がばれたとか？」

美樹也が大人顔負けのコメントをする。思わず景は一回り以上も年下の子のつむじを睨《にら》みつけて、「行平先生はそんなことしないよ」とムキになって言い返した。広瀬が「わかってますから、落ち着いてください」と冷静に肩を叩いてくる。

行平のよく通る低い声が風に乗って微《かす》かに聞こえた。

「もうそろそろ帰ってもらえないかな。話すことはないし、俺のことは気にせず好きにしてくれて構わないから。ここには来ないでくれって言っただろ、ユキコさん」

ユキコさん——？　景は内心で首を傾げた。その名前に引っかかりを覚えたからだ。どこかで聞いた。いや、見たのか？　あ、とすぐに思い当たる。三日前に郵便受けに入っていた手紙。行平宛てのそれの差出人は確か——『小野雪子《おのゆきこ》』だったはずだ。

話を聞いた広瀬が小声でぽつりと言った。「それはちょっと気になりますね。まあ、院長先生も男ですから、過去にあれやこれやといろいろあったのかもしれませんけど……」

「あれやこれやの何が⁉」

「行平くん！」と、一際大きな女性の声が耳に飛び込んできて、景たちは思わず息を呑んだ。

行平はすでに病院に戻ってしまったのか、彼女一人が往来に佇んでいる。

「あ、こっちに来る」

美樹也が慌てて首を引っ込めた。景と広瀬もブロック壁に背中をくっつける。

「やっぱりあの人、行平先生と過去に何かあったのかな……？」

「院長先生と復縁を迫る年上の美人元カノ……全然もえない」

「え？　あの人、先生に復縁を迫ってるの？」

ギョッとして横を見ると、広瀬が何か考え込むように一瞬黙り込み、指先で眼鏡《めがね》のブリッジを押し上げた。

「愛の障害を乗り越えてください。もやもやするのは嫌ですから、はっきりさせましょう」

腕を引っ張られドンッと背中を押されたのはその直後だった。

「ええっ！」

広瀬に押し出された景は往来に飛び出る。「きゃっ」と、女性の甲高《かんだか》い悲鳴が聞こえた。

見ると、目の前に小野雪子がびっくりした顔をして立ち止まっていた。

「あ？　え？　えっ、ああっ、すみません、ごめんなさい」

あたふたする景を見て、雪子が「あっ、あなた」と目を瞬《しばたた》かせる。「この前、病院の前で会った、犬を散歩させていた子……」

　どうやら景のことを覚えていたらしい。チラッと壁際を見やると、広瀬が眼鏡越しにいつになく鋭い眼差《まなざ》しで合図を送ってくる。美樹也たちも固唾《かたず》を呑んで見守っている。

「あ、あの、いきなりで失礼ですが」

　景は腹を括《くく》って訊ねた。

「行平先生とは一体どういうご関係なんですか？」

「え？」と、雪子が軽く目を瞠《みは》った。

「先生、困っていたようでしたし、場合によっては俺も口出しさせてもらうかもしれないです。うちの大事な先生なんで！」

　強気に言い切ると、雪子は困ったように視線を揺らめかせた。

「……あの、私」

　彼女がおずおずと口を開く。

「彼の母親です」

　一瞬シンと辺《あた》りが静まり返り、「「「ええっ⁉」」」『きゃわわんっ』『にゃぶしゃっ』三人と二匹の仰天した声が響き渡った。

「あっ、もちろん、実の母親じゃないですよ。私と行平くん、十歳しか年が離れていないですから。それに、まだ予定です。正式に籍を入れたわけではないですし……。

つまりはこういうことだ。

小野雪子は行平の元カノでもなんでもなく、彼の父親である松也《まつや》の再婚相手だった。十年以上も前に彼女が転職して今は職場が違うが、もとは上司と部下の関係だったらしい。彼女は当時高校生だった行平とも面識があったそうだ。

その後、行平は大学に進学し、彼女も転職が決まり新しい職場で再出発を果たして、国岡《くにおか》父子《おやこ》とは音信不通になっていたという。それが一年前、偶然松也と再会。それから二人で何度か会ううちに、互いが惹《ひ》かれてそういう関係になったのだと彼女は話してくれた。

「松也さんと行平くんの関係が上手《うま》くいっていないことは、当時から知っていました」

その頃、松也の仕事は本当に忙しく、部下の雪子も体調を崩すほど無理をして働いていたそうだ。結局、精神的に参ってしまった雪子は会社を辞めることになったが、その時に相談に乗ってくれたのが松也だったらしい。

「とても尊敬している上司でした。でも、仕事に熱心になるあまり、家庭にまで意識がまわらないようで、行平くんとはほとんど会話もない状態だと聞いていました。離婚されて、たった一人の家族なのに、まるで他人みたいな二人だったんです。ある出来事がきっかけで関係が更《さら》に悪化したようで、行平くんは顔も合わせたがらなかったそうです。でもあれから十年以上が経って、行平くんも大人になったことだし、いろいろと状況が変わっているんじゃないかと思ったんですけど――…高校を卒業して以来、一度も会っていないと聞いてびっくりしました」

再婚が決まって、雪子はどうしても二人を会わせて話をしたいのだと言った。

比較的時間の自由が利《き》く職業の彼女は、これまでにも何度か一人で行平に会いに来ていたらしい。景が鉢合わせなかったのは、単にタイミングの問題だろう。すべて行平に門前払いを食らったという。彼は素《そ》っ気《け》無く言ったそうだ。――再婚に関しては好きにしたらいい。もう何年も会っていないし、これからも会うことはないと思う。父親も自分には会いたくないだろうから。

松也も松也で、息子に会う必要はないと雪子の説得を頑《かたく》なに拒否しているそうだ。

父子揃《そろ》って意地っ張りだと、彼女は憤慨していた。

「松也さんは、本当は行平くんに会いたいんですよ。お酒を飲みながら、後悔をしていると本音を零《こぼ》してました。獣医師なんて大変な仕事について、あいつはあいつなりに一生懸命に頑張っているんだろうなって――嬉しそうに、でも少し寂しそうな顔をして言ってました。私もあの人たちの家族になるんです。どうにかして、二人を会わせてあげたくて……」

雪子の話を思い出しながら、景はチラッと対面を見た。

行平は食後のお茶を飲みつつテレビを見ている。胡坐《あぐら》をかいた膝《ひざ》の上に豆福をのせて、背中を撫でていた。

ちょうど流れていたテレビ番組の中で、お誂《あつら》え向きに芸人が父親へドッキリを仕掛けるコーナーが始まる。今だ、と景はさりげなく会話を振った。

「そういえば、先生」

そわそわしつつ、思い切って訊ねた。

「先生のお父さんって、どんな人なんですか？」

景の質問に、行平が怪訝そうに眉根《まゆね》を寄せた。

「は？　何で」

「えっと、そういえばあまり聞いたことがないなと思って……」

すでに背中に汗が滲《にじ》み出している。この話が行平にとって地雷だということを、景も薄々勘付いていた。行平の抱えていたトラウマを知ってしまって、父親との間に相当な確執があるのだとわかっている。だから景も自分からはあまりその話題に触れなかったのだ。

「そりゃそうだろ。自分からは話さないからな」

素っ気無く返された声が固くなったのがわかった。景は内心ひやひやする。突然怒り出しませんようにと祈りながら次の質問を考えていると、たっぷり間をおいて行平が続けた。

「……自分の子どもに興味を示さない人だよ」

景は俯《うつむ》けていた顔をハッと撥ね上げた。待ち構えていたように行平と目が合う。

「何で急にそんなことを訊くんだ？」

「えっ」景は狼狽えた。「いや、何となく、どういう人かなって思っただけで……」

挙動不審の景を行平はじっと見据《みす》えて、ポツリと言った。

「雪子さん」

「！」

「――に、会ったんだな？」

「なっ、何で？　先生もしかして、エスパー⁉」

ギョッとして思わず声を上げると、行平がバカにしたように鼻を鳴らした。「お前は顔面が口なんだよ。わかりやすすぎてクイズにもならねえ」

フンッと嘲《あざけ》られても、景は何も言い返せなかった。昔から嘘《うそ》がつけない性分だ。

「……そうです。雪子さんに会いました。お父さんと再婚されるって」

「ああ、そうらしいな」

行平がテレビ画面を眺めながら、興味なさそうに相槌《あいづち》を打った。

「おめでとうございます」

「俺に言われても困る」行平がチラッと景を見て嘆息した。「俺はもうとっくに再婚でも何でもしてるもんだと思ってたんだ。母親は離婚して一年後には新しい家族ができてたし、親《おや》父《じ》はまあ……俺がいたからな。だから、高校を卒業して俺があの家を出た後は、親父ものびのびとやってるもんだと思ってたよ」

「そんなことないですよ」

景は座卓に身を乗り出すようにして言った。「先生のお父さんは、去年雪子さんと再会するまでは、ずっと一人で先生と一緒に暮らしていた家に住んでいたそうです」

「……何でお前がそんなことまで知ってるんだよ」

行平が鬱陶《うっとう》しげに睨みをきかせてきた。思わず気圧《けお》されそうになりながら、景はすぐさま自分で自分の太腿《ふともも》をつねって気合いを入れ直す。雪子から聞いた情報を伝えた。

「先生が使っていた部屋も、そのまま残してあるそうです」

「……だから？」

「お父さん、後悔しているんだと思いますよ。本当は先生と会いたいんです。でも、自分は先生に恨まれてるからって、悲しそうに仰っていたって話で……」

ドンッと座卓に拳《こぶし》が叩きつけられた。景はビクッと背筋を伸ばし、思わず息を呑む。

「さっきからベラベラとうるさい。お前には関係ない話だろうが。いちいち口を出すな」

行平が低い声で言った。

「関係ない？」

景は茫然《ぼうぜん》と繰り返し、キッと対面を睨み付ける。

「何で関係ないんですか。俺は先生の恋人で——……家族じゃないんですか？」

「それとこれとは別だろ」

行平の冷たい切り返しに、ムカッとした景はバンバンッと座卓を叩いて腰を上げた。

「一緒ですよ！　先生のお父さんは俺のお父さんでもあるんです！」

「でかい声を出すな、近所迷惑だろうが。このバカ」

「バカバカって、先生の方が大バカですよ！　この、先生のわからずや、スカポンタス！」

叫んで、荷物を纏《まと》めてドスドスと居間を出る。「は？　スカポンタス？」と、背後から行平の声が聞こえたが、無視をした。

「今日はもう実家に帰らせていただきます。お邪魔《じゃま》しました。バイバイ、豆福」

『あう、あううっ』

困ったような豆福の顔はなるべく見ないようにして、景は襖《ふすま》を閉めると音を立てて歩きながら玄関を出た。

「何だよ先生、あの言い方。お父さんのことも、本当に意地っ張りだよ」

ブツブツ文句を言いながら夜道を歩く。その時、ムームーと携帯電話が鳴った。パーカのポケットから震えている携帯電話を取り出すと、画面には登録したばかりの名前が表示されていた。急いで電話に出る。

「はい、もしもし小早川です」

焦って早口になるが、相手にはきちんと伝わったようだ。

『小早川くん？　こんばんは、小野です。さっそく電話をかけちゃってごめんね。実は、相談があって……』

雪子との電話は、帰宅してからもしばらく続いた。

「先生、昨日は感情的になってすみませんでした」

翌朝、いつものように行平宅にお邪魔した景は開口一番謝った。

「……いや」

フライパンを持った彼がぽかんとして答える。「あれは俺も悪かったよ。言いすぎた」

バツの悪そうな顔をする行平。これでひとまずは仲直りだ。

「先生、明後日《あさって》の休診日は何か予定がありますか？」

「明後日？　いや、特には」

「だったら、隣町に新しくできたドッグランに行きませんか？　豆福と行ってみたいねって話してたんですよ。ね、豆福」

『あんっ』

豆福が尻尾を振って返事をする。

「ドッグラン？」行平が思い出したように言った。「ああ、あのプールなんかがある場所か。

確か総天然芝だとか宣伝してたな」

「そう、そこです。行きましょうよ」

「別にいいけど……」

「やった、豆福。明後日はお出かけだね」

『あんあんっ』

豆福とはしゃぐ景を見て、行平はどこかホッとしたように笑った。「そういえば、一晩寝ると嫌なことはケロッと忘れる性格だったよな、お前は。羨《うらや》ましい奴……」

そして二日後の休診日。

景は当初の計画通り、行平と豆福を連れてドッグランに来ていた。

広々とした場所で遊ばせるのは初めてなので、豆福も大興奮だ。ドッグプールも初体験してきた。もともと水が好きな子なので、プールも楽しそうに泳いでいる。

「豆福、上手上手！　すごいよ、豆福。えらいね、こんなに泳げたよ。将来は犬のオリンピックにも出られるかもしれないぞ。金メダル候補だ」

『あんあんっ！』

「親バカ丸出しだな」と行平は呆《あき》れつつ、自分もちゃっかり携帯電話を構えて豆福の勇姿を写真と動画の両方に収めていた。

散々遊んで、豆福も十分満足したらしい。

ベンチに座ってそろそろ出ようかと話していると、「あれ？　院長先生と小早川くん」と声を掛けられた。

振り返ると、宮坂がびっくりした顔をして立っていた。

「宮坂？」行平が驚いたように言った。「偶然だな。お前も来てたのか」

「はい。うちの子たちもここで遊ばせようと思って。豆福も来てたんだ？」

『あんっ』と、豆福が宮坂に尻尾を振って挨拶をする。

「一人か？」

「いえ、彼女と一緒ですよ。ちょうど休みが重なったんで」

宮坂が振り返る。少し離れた場所に、以前縁日でも出会った彼女が三匹の犬と一緒に遊んでいた。

「あぁっ！」

景は思い出したように声を上げた。

急に大声を出した景に行平がビクッとして、「何だよ」と睨みつけてくる。

「先生、忘れてました。俺、お店を予約していたんだ」

「店？」

「はい。この近くのカフェなんですけど、すごく人気があって、ずっと前から行ってみたいと思っていたんですよ。三時から予約してたのに……」

鞄《かばん》からいそいそと雑誌を取り出して、開いたページを行平に見せた。

「あ？」行平が急いで腕時計を確認する。「もう二時四十五分だぞ。間に合うのかよ」

「急げば何とか。本当にここからすぐの場所なんです。あっちのゲートからなら徒歩三分くらい」

「だったら急ぐぞ」

行平が腰を上げる。そのタイミングで景はもう一度声を上げた。

「ああっ！」

「何だよ、今度は」

「その店、ペット禁止だって……」

「はあ？」

行平が明らかに苛々《いらいら》して言った。「そんなことは最初から調べておけよ。何でそんな店をわざわざ選ぶんだ」

「だって、ここに『ペット可』って書いてあるじゃないですか。でもこれ、横に載ってるお店のことでした」

景がしゅんとし、行平が呆れ返ったようにため息をついた。豆福が『くうん？』と首を傾げている。

「だったら、豆福は俺たちが預ろうか。院長先生と小早川くんはちょっと休憩してお茶してきなよ。せっかく予約を取ったんだし、行ってきたら？」

「いいんですか、宮坂さん」

景はぱあっと顔を明るくした。宮坂が「もちろん」とにっこり微笑み――景にだけわかる角度でバチッとウインクをしてみせる。


「おい、本当にこの店なのかよ」

行平が怪訝そうに言った。

彼が不審に思うのも無理はない。ドッグランがある公園を出て景が向かったのは、閑静な住宅地にひっそりと佇む昔ながらの古い喫茶店だったからだ。

オシャレなカフェを想像していただろう行平は、腑《ふ》に落ちないといった顔をしている。

「こんな店に予約が必要なのかよ」

「……まあまあ、ここは特別なんですよ。中に入りましょう」

ドアを開けるとカウベルの音が鳴った。

「いらっしゃいませ。二名様ですか」

年輩の女性店員が訊ねてくる。

「あ、はい。でも、待ち合わせをしているので」

景の言葉に、行平が一瞬訝《いぶか》しむような眼差しを向ける。すぐにハッと何かに勘付いてガランとした店内を見渡した。

一番奥のテーブル席に視線を留めた瞬間、鬼のような形相《ぎょうそう》になる。

そこには雪子と六十路前後の男性が座っていた。

「――お前、謀《はか》ったな」

「す、すみません」

景は慌てて謝った。「でも、いい機会だと思うんです。ここできちんと話をして、蟠《わだかま》りをなくしましょうよ。ここ、お父さんが学生時代によく出入りしていた喫茶店なんだそうです。この近くに当時通っていた高校があったんですって。そうですよね、お父さんも昔は今先生が住んでいるあの家に住んでたんですもんね。先生も、まだ保育園に通っていたくらいの頃にこのお店に一緒に連れてきたことがあるんだって、お父さんが」

「――！」

行平が一瞬言葉を詰まらせた。

「……だから何なんだよ。そんな昔のことを覚えてるかよ。余計なことはするなって言っただろうが。帰るぞ」

くるりと踵を返した行平の腰に、景はしがみつくようにして引き止めた。

「待ってくださいよ、せっかく雪子さんがお父さんをここまで連れてきてくれたのに」

「お前ら、いつの間に繋《つな》がってたんだ。こんな計画まで立てて……まさか、宮坂も？」

「宮坂さんは、たまたま今日ドッグランに行くって聞いてたんで、それに合わせて雪子さんと計画を練ったんです。宮坂さんには、豆福を預ってもらえるように頼んだだけですよ」

本当は一緒に事情を聞いていた広瀬に協力を頼もうかと思ったが、さすがに学校の授業を抜け出してきてくれとは言えなかった。疑い深い行平も豆福が一緒なら怪しまれずにここまで連れ出せるだろうと考えたのは広瀬だ。

松也は仕事の関係で夏期休暇が取れず、ようやくこの時期にまとまった休みが取れることになったという。雪子も休みを合わせて旅行を計画していたそうだが、景と知り合って急《きゅう》遽《きょ》予定を変更したのだ。

視界の端に、雪子が腰を浮かす様子が入った。こちらを心配そうに見守りながら松也と何やら言い合っている。向こうは向こうで大変そうだ。

「先生、もうここまで来たんですから男らしく腹を括ってください」

「うるさい、離せ」

「お父さんは、パームのことを悔やんでいたそうですよ！」

「……っ」

一瞬、行平の抵抗が止まった。

「パームが亡くなった時は、お父さんもちょうど仕事が大変な時期で、他のことに気を回す余裕がなかったんだそうです。でも、それがきっかけで先生との関係が余計にこじれたことに、先生が家を出てからようやく気づいたんだと、雪子さんには話していたみたいですよ」

景は必死になって伝えた。

「先生が、パームが亡くなったことをきっかけに獣医師の道を選んだことも、お父さんは気づいていたそうです。といっても、それも先生が家を出た後のことらしいですけど。大学を卒業して獣医師になって、しばらくは他の動物病院で研修医として働いていたことも、大先生の跡を継いでくにおか動物病院の院長になったことも、お父さんは大先生から聞いて知っていたそうです。雪子さんには、本当に獣医師になって自分の夢を叶《かな》えた先生のことを、自分の息子ながら凄《すご》い奴だって話していたそうですよ。だから先生も、素直になって、腹を割って話しましょう。雪子さんが言ってましたよ。先生もお父さんも本当にそっくりだって。二人とも頑固で意地っ張りで口下手《くちべた》。俺もそう思います。先生、お酒を飲むとよく喋《しゃべ》りますもんね。お父さんもそうらしいですよ。何なら、場所を変えてお酒を飲んで話したらいいじゃないですか。本音を晒《さら》しあってくださいよ、親子でしょ！」

「——！」

ビクッと胴震いした行平が、ゆっくりと全身の力を抜いたのがわかった。ドアを見つめたまま長々とため息をつき、腰に絡《から》みついた景の腕を摑《つか》んで振り返る。

雪子と揉《も》めている父親の背中を眺めながら、観念したように肩を落とした。

「……話が長引きそうだな」

「いいじゃないですか。ゆっくりと親子水入らずで話してきてください。俺、豆福を連れて先に帰ってます。宮坂さんが一緒に連れて帰ってくれるそうなんで」

すでに約束を取り付けていることを話すと、「おバカのくせに余計なところで頭が回るな」と、顰め っ面《つら》の行平にペシッと頭をはたかれた。

「イタッ、いひゃいっ」

両頬までつねられて、「今日も絶賛ぶちゃいくだ」といつもの軽口を叩かれる。

「帰ったら覚えとけよ」

すぽんっと頬から手が離れる。行平がふっと、どこか憑《つ》き物が取れたみたいな笑みを浮かべた。——もう、大丈夫だ。

「はい！　豆福と一緒に、あの家で先生の帰りを待ってますからね」

景は笑顔で大きく頷《うなず》いた。

ガラッと玄関ドアを開ける音がした。

「あっ、先生が帰ってきた」

景と豆福は揃って音に反応して振り返り、居間を飛び出した。

「先生、おかえりなさい」

『あんあんっ』

出迎えると、もどかしそうに靴を脱ぎ捨てて上がってきた行平と目が合う。少し息が弾んでいる。車庫から急いできたらしい。

しかし、まったく表情のないその顔を見て、景は思わず戸惑った。俄《にわか》に不安になる。父親との話し合いが上手くいかなかったのだろうか――。

「先生、あの、お父さんとは……」

その時、行平がいきなり覆いかぶさるようにして景を抱き締めてきた。突然のことに身構えることも出来なくて、びっくりした景は硬直する。

「せ、先生……？」

景を抱き締めたまま、行平が言った。

「親父ときちんと話してきた」

想像していたよりもずっと柔らかい声が景の耳に触れた。

「あの人も年をとって丸くなったのか、昔のことをいろいろと謝られたよ。あと、パームのことも。今度、一緒に墓参りに行かせてくれって言われた」

景は行平の腕の中でハッと顔を上げた。

パームの遺骨はペット霊園の納骨堂に納めてあると聞いていた。パームが亡くなった後、当時まだ高校生だった行平はくにおか動物病院の前院長――つまり彼の祖父を頼って、愛犬の遺骨をどうするか助言を受けたそうだ。一緒に住んでいた父親は仕事のことしか頭になく、自分が家に連れてきた愛犬が死んだ時ですら無関心で、そのことがずっと行平の心の中には蟠りとなって残っていたのだった。

しかし、十二年ぶりに父子が顔を合わせて言葉を交わし、こじれにこじれた関係がようやく修復できたらしい。

「再婚の話も改めて聞かされた。今更俺に許可なんか取ろうとするから、思わず笑ってしまったけどな。でもまあ、素直な気持ちで心からおめでとうって言えたよ。この病院のことも、親父を含めて兄弟はみんな別の道に進んだから、祖父《じい》さんが引退したら廃業することになるだろうと考えていたんだってさ。俺が継いで、病院をなくさずに済んだって感謝された。年をとったせいか、こっちが引くぐらい涙もろくなってて――…親父に泣かれて参ったよ」

行平が思い出したように微かに笑う。その穏やかな口調を聞いて、景はホッとした。

「よかったですね、先生」

「ああ」と、耳元で吐息混じりの声が言った。

「ありがとう、景。お前のおかげだ」

「そんなことないですよ。俺よりも、雪子さんが中心になって頑張って動いていたんだし」

「そうだな、雪子さんにも感謝だな。親父はたぶん尻に敷かれてるぞ、あの調子だと」

行平が苦笑する。「まあ、親父が一人じゃなくてよかった。傍《そば》にいてくれる人がいて安心したよ」

「そうですね」景も頷く。「雪子さんなら大丈夫ですよ。しっかりしてますし」

「あの二人を見ていて、無性にお前に会いたくなったんだ」

「え？」

景を抱き締めている腕にゆっくりと力がこもるのがわかった。

「俺にも待ってくれている奴がいるんだと思ったらすぐにでも帰りたくて、食事に誘われたけど断った。早く帰って、お前のことを抱き締めたくてたまらなかったから」

「――！」

息もできないほど激しい抱擁に、景は甘い眩暈《めまい》を覚えた。胸が詰まって、熱に押し潰《つぶ》されるみたいに切なくて苦しいのに、どうしようもなく嬉しい。

自分は行平にとって特別なのだとわかっているけれど、もう一度彼に再認識させてもらった気分だった。景にとっても行平は特別で、ずっと傍に寄り添って歩んでいきたい大切な存在。それが彼にもきちんと伝わっているといい。

景は感極まって涙声で言った。

「先生、俺はずっと先生の傍に……えっ」

まだ話の最中なのに、なぜか視界が大きくぶれた。潤んだ目をぱちくりとさせた景は、次の瞬間、行平の肩に担がれていたのだ。

「ええっ」ギョッとして叫ぶ。「ちょっと先生！　何するんですか」

「いいから、少し黙ってろ」

ペシッと尻を叩かれて、景は思わずビクッと声を飲み込む。いくら細身とはいえ立派な成人男子の肉体だ。それなのに、行平は平気な顔をして五十五キロの体重を軽々と担ぐと足元を見下ろした。

「豆福、悪いな。ちょっと二人だけにさせてもらえるか？　あとでご褒美をやるから」

『！』

豆福がピクッとして行平と無言の視線を交わす。

行平が一歩踏み出す。豆福も四つ肢《あし》をトテトテと動かした。景を担いだ行平はそのまま脇《わき》の階段を上り、豆福はかわいいお尻を向けて居間へと引き返してゆく。

古い日本家屋の階段を軋《きし》ませながら上ると、行平は向かって右側のドアを開けた。

そこが彼の私室である。

八畳の板間にカーペットを敷き、ベッドと事務机と本棚が置いてあるシンプルな部屋だ。

ベッドのリネンは、初めてこの部屋に入った時と同じ落ち着いたネイビーだった。カーテンは開いていて、街灯の明かりが差し込んでいるのか電気をつけなくてもそこそこ視界が利くほどには明るい。

行平が部屋に入り、後ろ手にドアを閉める。

――何で、いきなり部屋に……？

自分の足では一歩も歩いていないのに、景の心臓は階段を上る手前からすでに高鳴り始めていた。行平の肩に接した胸元からこの激しい鼓動が伝わっているのではないか。想像すると羞恥が込み上げてくる。

――豆福、悪いな。ちょっと二人だけにさせてもらえるか？

行平の声が蘇《よみがえ》り、カアッと頬が熱くなった。彼の目的は一つしか思いつかず、ついにその時がきたのかと俄に緊張が増した。一度失敗して以来、一ヶ月も手を出してもらえなかったのだ。行平にどんな心境の変化があったのかわからないが、どうやらようやくスイッチが入ったらしい。景も広瀬から借りた参考書で勉強したし、今度こそ覚悟を決める。

ドキドキと興奮する景は、ベッドに辿《たど》り着くと荷物よろしくドサッと乱暴に落とされた。

「うわっ」

全身がリネンの波に飲み込まれる。衝撃でふわっと行平の匂《にお》いが立ち上り、胸を昂《たか》ぶらせながら少々不満に思った。参考書《漫画》の中の主人公は恋人にもっと優しく扱われていたはずなのに、景の恋人は随分と雑すぎる。思わずムッとしてしまうと、さっと頭上に影が差した。

ハッと顔を上げてギョッとした。ぎしっとベッドが軋み、すぐさま行平が伸《の》し掛かってきたからだ。

顔の両側に手をつき、真上から景を見下ろしてくる。

冗談のない真剣な眼差しで見つめられて、思わず息を呑んだ。何か獰猛《どうもう》な動物にでも追い詰められたような錯覚に陥る。相手を屈服させる雄の顔だ――と思った。

咄嗟にビクッと身構える。

「……あ、あの、先生――んぅ、んんっ」

いきなり唇を塞《ふさ》がれて、景はぎゅっと目を瞑《つむ》った。合わせた唇の隙間から、強引に歯列を割って舌が差し入れられる。

熱い肉厚のそれは景の口腔を激しくまさぐり始めた。

いつもの余裕をもった意地悪な行平とも違う、まるで腹をすかせた獣みたいながっつき方にわけもわからず翻弄される。

「……ふ……んっ」

敏感な口蓋を舐められて、ビクビクッと全身が戦慄《おのの》いた。

行平の舌が柔らかい頬肉をつつき、思わず逃げを打った景の舌を強引に根元から搦《から》め捕って、きつく吸い上げる。一方的に荒々しく貪《むさぼ》るようにみせかけて、時折ふっと優しい愛撫に切り替える。ゆっくりと宥《なだ》めすかすように掻《か》き回されて、その絶妙な緩急にますます官能を煽《あお》られた。

――こんなキスは、初めてだ。

暴走する行平に、このままバリバリと食われてしまうのではないかと思うほど情熱的な口づけだった。

景はぶるりと体を震わせる。それは恐怖というより、歓喜に近い。このひと月の間で抑え込んでいたものを一気にぶつけられたような、行平の男としての情欲をじかに感じられるのが嬉しかった。

ズボン越しの股間に行平の熱く猛《たけ》ったものが押し付けられると、もうたまらなくなる。これが欲しいと、浅ましい気持ちがむくむくと湧《わ》きあがってきた。

「ん……はあ……ぁふ……」

景も逞《たくま》しい行平の首に手を回し、懸命に舌を絡《から》めて応えようと夢中になる。

これまで幾度となく交わしたキスで、行平にはいろいろと教え込まれたのだ。それらを思い出し、拙《つたな》い動きながらも、必死に舌を動かす。

舌を擦《こす》り合わせて、互いの全てを奪い尽くそうとするかのようにきつく絡め合った。

短い息継ぎを挟みながら、何度も角度を変えてキスを重ねる。唇が腫《は》れてすでに感覚がなくなってきているのに、興奮が抑えきれない。

二人分の唾液《だえき》が次から次へと体内に流れ込み、胃の奥がカアッと焼けつくように熱くなった。気持ちよすぎてどうにかなってしまいそうだ。

「んぅ……あ、せんせ……っ」

いったん唇が離れて、景は切なげな声で行平を呼んだ。体温が急激に上がり、濡れた唇から熱い呼気がはあはあと零《こぼ》れ落ちる。

「あんまりかわいい声で呼ぶなよ。これでもまだ抑えているんだから。……怖がって逃げないでくれよ」

飲み込み切れなかった唾液が顎《あご》から喉《のど》へと伝い、行平の舌が雫《しずく》の転がる肌の上を優しく掬《すく》い取るようにしてねっとりと這《は》う。

熱い刺激に肌がぞくぞくっと粟立《あわだ》った。

「だ、大丈夫ですよ。俺も……っ、この前の失敗を反省して、何度もシミュレーションをしてきたんです。だから、今日は大丈夫です。ずっと、先生がこうしてくれるのを待ってました。俺だって先生ともう一回、早くしたいと思っていたんですから」

嬉しいですと素直な気持ちを伝えると、一瞬、行平が面食らったような顔をしてみせた。

「……そんなふうに思っていてくれたのか」

ふっと気が抜けたみたいに笑う。

「だったら、遠慮することなかったな。怖がらせないように、じっくり時間をかけて待とうと思ってたんだ。この前は泣かせてしまったし、あれが原因でお前に逃げられたくなかったから」

「に、逃げるわけないじゃないですか。俺は、ずっと先生の傍にいますよ。先生の隣は俺の場所ですからね。他の人には絶対に譲りませんよ」

真《ま》っ直《す》ぐに見上げて言うと、行平が泣き笑いのような顔をしてみせた。

「――…うちに帰るまで、ずっとお前のことを考えてたんだ。早くこの腕に抱き締めたくて仕方なかった。『おかえりなさい』って迎えられた時、自分でもわけがわからないくらい嬉しかったんだよ。お前の顔を見たらホッとして、もう我慢がきかなくなった。今すぐお前のことを抱きたくてたまらない」

筋肉質な腕がベッドと背中の間に滑り込んだかと思うと、骨が軋むほど強く抱き締められた。泣きたくなるほど胸が詰まる。

「あ、俺も……せ、先生、俺も、先生に抱かれたい……っ」

行平が性急な手つきで景のTシャツの裾《すそ》をたくし上げた。手を上げるように言われて、協力して服を脱ぎ捨てる。行平も自らシャツを脱ぎ、下も全て脱ぎ去って再び景に覆い被《かぶ》さってきた。

じかに肌が触れる。張り詰めた筋肉と、しっとりと汗ばんだ感触に思わずごくりと喉を鳴らした。

唇が触れ合い舌を絡ませながら、行平の手が景の胸の尖《とが》りを探り当てる。

これまでも何度かいじられたそこは、もうくすぐったさよりも官能を感じる部分に作りかえられてしまった。指で擦り合わせるようにして摘《つ》まれると、息継ぎで離れた唇から濡れた嬌声《きょうせい》が漏れる。

「……あっ」

溢《あふ》れ出た唾液の後を追うようにして、行平の舌が景の首筋から鎖骨に向けていやらしく舐め下ろす。

胸を執拗《しつよう》に捏《こ》ね回していた指がふいに脇腹を撫でた。更にその下の際どい部分にまで手が伸びる。

膝を大きく割られて、間に行平が自らの体を割り込ませてきた。次の瞬間、景の股間にゆっくりと自分の頭を埋《うず》めたのだ。

「う……ぁ、や……っ」

すでに硬く芯を持った中心を深く銜《くわ》え込まれる。

生温かい感触に包まれて、景の屹立《きつりつ》はビクッと震えた。ますます硬くなるのが自分でもわかる。熱い粘膜が卑猥に絡みつき、思わず腰が浮き上がる。

口淫をされたのは二度目だ。一度目の時はもっと優しく緩やかだった舌の動きが、今日は切羽詰まったように激しく、あっという間に高みに追い上げられていった。

「や、せんせ……ダメ……も、でちゃうから……っ」

離れてと力の入らない手で頭を押しやる。だが、行平はますますそこを深く銜え込み、ねっとりと舌を絡ませて喉まで使ってきつく締め上げてくる。

「あっ……あ、あ——っ」

ビクンッと腰が大きく跳ねて目の前に火花が散った。

急激な脱力感に襲われた景は、茫然と四肢を投げ出す。行平がゆっくりと上体を起こし、白濁で汚れた唇を舌でぺろりと舐めてみせた。

手の甲で乱暴に口元を拭う様は、食事を終えた肉食動物みたいだと思う。

行平は伸び上がるようにして景の頭上に手を伸ばすと、ヘッドボードの引き出しから何かを取り出した。

それを見て、景はハッとする。彼が手にしていたのは見覚えのある潤滑剤のボトル。いよいよだ――大きく息を吸い込んだ。

前回もそれを使ったにもかかわらず、ほんの少し行平のものを含んだだけで限界だと音《ね》を上げてしまった。だけど今日こそは、ちゃんと最後まで彼と繋がりたい。

ボトルのキャップを開けて液体を手に取りながら、行平が言った。

「大丈夫か？　この前よりも念入りに準備をするから」

景はこくこくと頷く。

行平の手がそっと尻に触れた。喉を鳴らして、息を詰める。濡れた指が狭間《はざま》に差し入れられた。体温で温められた液体が奥の窄《すぼ》まりにまぶされる。

ビクッと意思とは関係なく全身の筋肉が引き攣《つ》った。

自分では目に見えない場所を行平の指が探り当てる。

ぎゅっと閉じた瞼《まぶた》の裏に、ふいにスクラブを着た彼の姿が浮かんだ。手術室で何度も見た器用に動く男の指。それが今は景の後孔の入り口を丁寧《ていねい》になぞっている。

指の腹で円を描くように周辺を揉まれると、ぞくぞくっと言い知れない感覚が腹の底から湧き上がってきた。思わず熱っぽい息が漏れる。固く閉じていたそこが、ひくひくと痙攣《けいれん》するのが自分でもわかった。

ぬめりを借りて、指がくっと内側に入ってくる。

咄嗟に節張った彼の指を締め付けてしまう。行平の手のひらが、敏感な内腿を宥めるようにして擦った。少しこわばりが解けたのを見計らって、指がゆっくりと探るように潜り込んでくる。

「……っ」

一度達して落ち着いた股間が、再び頭を擡《もた》げる。すかさず行平がそこを口に含んだ。

「あっ」

震える屹立を柔らかい粘膜に包まれて強烈な快感と眩暈を覚えた。腰をよじり、その拍子に埋め込まれた指がある一点を擦り上げる。以前も触られたそこは、前立腺だ。

この部分を虐《いじ》められるとたまらない。

「ああっ」

声を上げて腰を弾ませた。だが、意地悪な行平の指はかえってその場所ばかりを狙《ねら》ってくる。執拗にいじり倒し、同時に前まで激しい口淫で攻め立てられては、もうどうしようもなかった。指は三本まで増やされて、ぐちゅぐちゅと卑猥な水音を響かせながら景の中を大胆に掻き回す。

「……ぁうっ、ひ、……ン……あ、あっ、んんぅ」

前回とは全然違う。性急に追い上げる巧みな動きで、行平の舌と指が景の体を這いまわっていた。わけがわからなくなるほどの快楽――。悦《よ》すぎて涙が零れる。とても自分のものとは思えない、耳を塞ぎたくなるほどの甘ったるい声が口から溢れて止まらなくなる。

「せ、せんせ……もう、そこはいいから……っ」

なけなしの力で行平の頭を弱々しく押し返した。

これ以上いじられ続けると、本気で意識を手離してしまいそうだ。すでに息が切れそうになって熱で頭がぼうっとしている。

「指じゃ、ヤダ……も、大丈夫だから……せんせ……ちゃんと、して……？」

涙を流して懇願すると、行平がピクッと動きを止めた。景の股間に埋めていた頭がゆらりと持ち上がる。彼の口からいやらしく唾液を纏った自分の劣情が垣間見えて、思わずごくりと喉を鳴らした。

後ろから指が引き抜かれる。粘膜を引っ掻くその刺激だけで、硬く張り詰めた股間は達してしまいそうだった。

空洞になった内側の襞《ひだ》が物欲しげに震えているみたいだ。熱くて熱くてもどかしい。

「……入れるぞ?」

切羽詰まったような低い掠《かす》れ声に、景はこくりと頷いた。

脚を抱えられる。とろとろにほぐされた後孔にひたりと熱い切っ先があてがわれた。

ぐっと圧がかかり、粘膜が押し開かれる。

「――っ、ん……はっ」

息ができない。

目を瞠るほどの質量と熱に、じわりじわりと狭い肉壁を押し広げられていく。肉襞が限界まで引き伸ばされて、あまりの苦痛に流したくないのに涙がぼろぼろと零れた。

それでも、もっと奥まで行平にきてほしいと体が懸命に誘い込もうとする。

前回の失敗を頭に置き、呼吸を止めず必死に空気を貪った。景の具合を探りつつ、剛直がゆっくりと埋め込まれていく。太い熱杭のあまりの長さに、果てがないのではと一瞬恐怖したほどだ。

ずんっと奥深くまで貫かれて、ようやく彼の動きが止まった。

「景、大丈夫か? 全部入ったぞ」

労《いた》わるような声が聞こえて、景は熱い空気の塊《かたまり》を吐き出した。

「……ぜんぶ、はいった……?」

「ああ、よく頑張ったな」

少し苦しそうな顔に笑みを浮かべた行平が、汗で髪が貼り付いた景の額《ひたい》をそっと指先で払ってくれる。それだけできゅんと胸が切ないほどに高鳴った。

思わず景も笑みを零すと、行平がどこか泣きそうな表情で目尻をくしゃりとさせた。

「景……好きだよ」

行平が伸び上がるようにして、涙で濡れた頬にキスを落とした。

「先生、俺も……俺も、大好き」

両手を伸ばして逞しい首に回す。微笑んだ行平の顔が近付いてくる。口づけを交わしながら、彼が根元までみっちりと密着した腰をゆっくりと回し始めた。

「あ……っ」

軽く突き上げられて、ビリッと快感が駆け抜けた。

自身が抜け落ちる寸前まで、行平が腰を引く。内臓ごと引っ張り出されるような何とも言えない感覚に襲われた後、すぐさま一気に最奥まで貫かれた。

途端に頭が真っ白になり、全身に歓喜の震えが走った。

「あぅ……ん、あっ……ふ、ぁあっ」

硬くて太いそれが何度も何度も景の中を行き来する。内壁を激しく擦られ、一番敏感な奥を突き上げられて、頭の天辺《てっぺん》から爪先《つまさき》まで蕩《とろ》けるような快楽の波が駆けめぐる。

「あっ、せんせ……ん、き、きもちいい……、あ、あぅっ」

行平の腰の律動が一気に加速した。

高く抱え上げられた足が宙を蹴る。角度を変えて攻められては、行平の動きに合わせて腰を淫《みだ》らにくねらせた。

「……っ、初めて出会った時からは想像もできないくらい、いやらしく成長したな」

熱く蕩けた結合部からぐちゅぬちゅと音が聞こえるほど、激しく掻き回される。

「あ、あっ」

「それに、いやになるくらいかわいいし」

間断なく刺激を与えられた下腹部は、熱が溜《た》まって今にもはちきれそうだ。

「ン、あ！　せんせ、もう……っ」

景は悲鳴を上げた。

「……俺も、もうもちそうにない」

腰を激しく突き入れる行平の劣情が、景の中でどくんと一層大きく膨らんだことに驚かされる。

粘膜をめいっぱいに押し広げてくるそれが愛しくて、景は感極まった声で伝えた。

「せんせ……ゆきひら、せんせ……だいすき、……あ、ああっ」

「俺もだよ。景、愛してる……」

景のいいところを狙って、行平がますます律動を速めた。更に硬度の増したもので激しく擦り上げられて、目が眩《くら》むような快楽の波に溺《おぼ》れてゆく。

猛りをぶつけられ、甲高《かんだか》い悲鳴を上げた景は全身を引き攣らせた。ほぼ同時に、行平も景の中で絶頂に達していた。

そっと階段を下りて居間に向かうと、豆福がお気に入りの座布団の上でころんと丸まっていた。

ぎしっと古い畳が軋んで、豆福のかわいい耳がピクッと動く。

パチッと目を開けた彼は、行平の姿を認めると素早く起き上がり、尻尾を振ってハッ、ハッと息を弾ませた。

「……起こしちゃったか」

トテトテと寄ってきた豆福の頭を撫でてやる。

「ごめんな、ひとりにさせて」

『あんっ』

元気に鳴いたので、咄嗟に「シーッ」と人差し指を立てた。

「上であいつが寝てるから」

『くうん？』

「ちょっと我慢がきかなくて無理させちゃったからなあ」

一度放っただけでは、あの吸い付くような肌と蕩けそうなほど気持ちいい粘膜からは離れがたくて、また少し虐めてしまったのだ。

「そうだ。約束のご褒美を持ってきたぞ」

『！　あんっ！』

「あ、こら。シーだって言っただろ」

『あうっ』

豆福が『ああっ、失敗』という表情をして、申し訳なさそうに前肢で顔を覆った。その仕草があまりにも人間染みていて、主《あるじ》に似たんだなとおかしくなる。

彼の好物のササミジャーキーを皿に乗せてやった。豆福が鳴かずに尻尾を振って『ありがとう』と言ってくる。

「まだこんな時間か。そういや腹が減ったな」

時計を見て、行平はふと十二年ぶりに顔を合わせた父親とのやりとりを思い出した。

――もし時間があるなら、この後、一緒にメシでも食うか。

ぶっきら棒な口調は、どこか自分に似ていて、やっぱり親子なのだなと内心で苦笑した。

同時に、隣でにこにこしながら二人のやりとりを見守っている雪子を見た途端、ふと脳裏に景の顔が浮かんだ。少し前に別れたばかりなのに、無性にあいつに会いたくなった。

――いや。せっかくだけど、うちで待ってる奴がいるから。今日は帰るわ。

――そうか。そんな人がいるのか。……また今度、紹介してくれ。

……うん。そのうち。

思い返しただけでも体中がむず痒くなるような羞恥に襲われる。父と息子のやりとりというのは、どこもこんな感じなのだろうか。

――だが、思ったほど悪いものではなかったかもしれない。

このタイミングでの再会はよかったのだろうと、今なら素直に思える。もし自分ひとりだったら、きっとこの選択自体が端《はな》からなかったはずだ。雪子の話も聞く耳を持たなかったに違いない。すべては、あいつが傍にいてくれたから――。

「なあ、豆福。俺たちは幸せモンだな」

『くうん』

「お前も俺も、あいつに会えてよかったよな」

『あんっ』

音量を最小限に絞った控えめな返事をして、その代わりに尻尾をちぎれそうなほどブンブンと振って応えてくれる。行平も、きっと豆福も、景と出会っていなければ今の自分たちはいないと思えるほど、彼の存在の大きさを身に沁《し》みて感じていた。

「そういえばさ、この前あいつ、俺のことをスカポンタスって言ってただろ」

『あう』

「あれって、オタンコナスかアンポンタンかのどっちを言いたかったんだろうな。平成生まれのくせに昭和の捨てゼリフって……どっちにしろ、おバカだよなあ」

『わうう』

それは言っちゃダメと、豆福もジャーキーをはみはみしながらぶるんと顔を横に振った。

「今頃イビキ掻いて眠ってるぞ。起きたら腹が減ったって言い出すかもな」

その姿は容易に想像できてしまい、行平は独り悦に入って幸せを噛《か》み締める。

「仕方ねえな。何か作るか」

腰を上げると、豆福が『待って、ぼくもいく』と、皿を鼻で押してきた。

「わかったわかった。お前も台所に移動するか。今日の夕飯は何にするかなあ。冷蔵庫に何か残ってたっけ」

『あうんあん』

「ああ、そういえば納豆があったな」

『あうあうう』

「何だよ、心配しなくても丸ごとパックで出さねえよ。また涙目で怒り出すだろ、アイツ」

『あんっ』

いつの間にか、自分までが豆福と会話をしていることに我ながらびっくりする。そういえば、パームともこんなふうにわかりあえていたなと懐かしみつつ、新しい家族の愛らしい頭を撫でた。

「さて、あいつの腹時計が鳴るまでに準備するぞ」

『あんっ！』

トテトテとついてくる豆福と一緒に、行平は台所へ向かった。

動物会議

『こら皆の者、静粛に！』

緑色のケージの中からブルドッグの友蔵《ともぞう》さんがひと吼《ほ》えした。

騒がしかった入院室がピタリと静まる。

常連の友蔵さんは今入院している動物の中では一番の年長者だ。風邪をひいてしまい、しばらくここで厄介《やっかい》になることにしたと言っていた。友蔵さんのご主人は高齢なこともあり、愛犬の具合の悪さに気づくのが遅れてしまったらしい。運ばれてきた時の友蔵さんはぐったりとしていて、完治するまでの間は院長が預ることになったのである。

春先の激しい寒暖差はシニア犬にはとても辛《つら》いのだと友蔵さんは嘆いていた。でも、それよりもおろおろと狼狽《うろた》えていたご主人のことが心配で、一刻も早く元気にならなくてはと毎日お薬を飲んで頑張っている。

『豆《まめ》坊がきたぞ』

友蔵さんの声で、ケージの中のみなさんが一斉にぼくを見た。

ぼくはここ、くにおか動物病院の看板犬だ。一歳の柴犬、雄。豆福《まめふく》という素敵な名前はご主人の景《けい》さんがつけてくれた。

病院にやってくる他の柴犬と比べると、ぼくはあまり成長が見られない。それをご主人はとても心配している。

毎朝、ご主人と日課の体重測定をしているけれど、大体六キロぐらいで安定。院長の話だとぼくはもともと小柄なタイプなのだという。一歳の柴犬の平均体重が約八～十キロ。常連のポッポさんは十四キロ。院長はポッポさんぐらいになると少々太りすぎだが、体重には個体差があるから心配しなくてもいいと言っていた。柴犬にもいろいろなタイプがいて、病気もせず元気いっぱいのぼくは特に気にする必要はないそうだ。

あわあわしていたのはぼくよりもご主人の方で、ぼくの好物のササミジャーキーを大量に買い込み、院長に見つかって「デブ犬にする気か」と怒られていた。あれはとても申し訳なくて、はしゃいでしまったぼくもご主人と一緒に反省したのである。

何はともあれ、ぼくはこのくにおか動物病院で保護されて、すくすくと育っていた。新米のぼくのことを、常連のみなさんは親しみを込めて『豆坊』と呼ぶ。今は重病で寝込んでいる患者さんはおらず、みなさん元気だ。よって、ケージの中で暇を持て余している。

友蔵さんが渋い声で言った。

『豆坊、今日の【助手】についての報告を』

問われて、ぼくはシャキッと答えた。

『はい。ご主人は今日も元気にお仕事をしています。朝は院長の作ったごはんをもりもりと食べておかわりまでしていました。院長が「よく食うな」と呆《あき》れていたくらいです』

『確かに、助手は朝からうるさくて相変わらず元気そうだったもんな』

先日、河原で保護された雑種犬の殿丸《とのまる》さんが言った。ぼくと同じで元の飼い主に捨てられた彼だったが、衰弱した体もすっかり元気になってただいま里親募集中。ちなみに殿丸さんの名付け親はぼくのご主人である。

病院に出入りしているみなさんは、ご主人のことを親しみを込めて『助手』と呼ぶ。いろいろな意味で院長とは凸凹《でこぼこ》コンビのよきパートナーとして認識されているのだ。

うむと友蔵さんが頷《うなず》いた。

『元気なのはいいことだ。助手がしょんぼりしていると何事かとドキドキして心臓に悪いからな。それで、あっちの方はどうなんだ？』

ケージ内が俄《にわか》にざわつく。ぼくはピンときて答えた。

『院長との仲もとても良好ですよ』

『そうか、そいつはよかった』

みなさんが一斉にホッと息をついた。

それも無理はない。つい二日前、ご主人と院長が喧嘩《けんか》をしたせいで、この入院室も大変重苦しい空気に見舞われたからである。原因は朝の納豆味噌汁だった。

時々こういうことが起こるので、ぼくが事情を説明する報告係りに任命されているのだ。

毎日の動物会議はかかせない。

『あの二人はいつもしょうもないことで喧嘩しては、すぐに仲直りしてますものね』と、ロシアンブルーのディアナ嬢が言った。みなさんが頷いて同意する。

『ひとまず、今日も平和だということだな。これで安心して一眠りできる……』

シャッと入院室のカーテンが開いたのはその時だった。友蔵さんがビクッと口を閉じた。

部屋に入ってきたのはご主人だ。

あれ？　とぼくはすぐに異変に気づいた。いつもなら「豆福！」とニコニコ笑いかけてくれるのに、何やら様子がおかしい。さっきまできらきらと輝いていた底抜けの明るさが消え去り、立ち尽くしたご主人はしょんぼりと項垂《うなだ》れている。

みなさんも何かを察したのだろう。友蔵さんと目が合った。潰《つぶ》れた鼻先をくいっとしゃくって合図を送ってくる。ぼくもこくりと頷き、緊張気味にご主人の足元に歩み寄った。

『くうん？』

顔を摺《す》り寄せて訊《たず》ねてみる。『ご主人、どうしたの？』

心配して上目遣いに見上げた。すると、きゅっと眉間《みけん》に皺《しわ》を寄せているご主人と視線がぶつかる。次の瞬間、ご主人がいきなりしゃがんだかと思うと、ぼくに抱きついてきたのだ。

「どうしよう、豆福。先生がお見合いしちゃうかもしれない……っ」

『！』

入院室に激震が走った。

『お見合い』が何なのかは、さすがにぼくでも知っている。

動物界にもお見合いという制度はあって、病院にやってくる患者さんたちから時々それらしき噂《うわさ》を耳にするからだ。つい最近も、三丁目の佐藤《さとう》マサミツさんと五丁目の田中《たなか》プリンさんがお見合いをしたばかりである。そして、めでたく結婚が決まったのだった。つまり、お見合いとは結婚前の顔合わせ。ということは——。

『院長が知らない女性とお見合いとはどういうことですか！』

ぼくは待合室に駆け込み、会計を待っているぷに子さんにむかって叫んだ。シャンプーとドライヤーでふかふかになったぷに子さんが、閉じていた目をパチッと開けた。

『あら、豆坊。今日も相変わらずキャンキャンと元気いっぱいじゃないの』

ぷに子さんがのっそりと起き上がって、オーナーさんの膝《ひざ》から下りる。ぷに子さんのオーナーである館林《たてばやし》さんが、「あらあら豆福ちゃん、こんにちは。今日はトリミング室にいないから、お留守なのかと思っていたわ」と、しわしわの優しい顔でにっこりと微笑《ほほえ》んだ。

ぼくは咄嗟にどういう反応をしていいのかわからず、思わず首を傾《かし》げてしまう。館林さんが「あらあら、かわいい挨拶《あいさつ》ね」と頭を撫《な》でてくれる。ちょっぴり罪悪感。

『どうしたのよ。今日はご機嫌ナナメねえ』

のそのそと近寄ってきたぷに子さんが、ぼくの顔にすりすりと頬擦《ほおず》りをしてきた。頬肉がぷるんと揺れて、ぞくぞくっとする。両頬にぷるんとされるのを、ぼくはいつものようにぞくぞくしながら耐えた。これがぷに子さんの挨拶なのである。

『お見合いがなによ。豆坊、この私を差し置いて見合いでもするつもり？』

『あっ、そうでした』ぼくはカッと目を見開いて言った。『ぼくの話じゃないですよ。院長の話です。ぷに子さんのオーナーさんが、ぼくのご主人に話したそうなんです。院長がお見合いをするって。聞けば、オーナーさんが院長に女の人を紹介したそうじゃないですか。ダメですよ、院長にはご主人という決まったパートナーがいるのに……っ』

ぷに子さんが両目を細めて、『そんなことを言われてもねえ』とため息をついた。

『私だってびっくりしたのよ。院長のパートナーがあの助手だっていうのは、ここの動物たちの間では常識でしょ。でも、人間たちの間ではどうかしら？　現に、うちのご主人はあの二人のことを何も知らないんだから。まったく、鈍いったらありゃしないわ。二人を見ていれば、昔と比べて空気が明らかに違うとわかるでしょうに。私なんてついにくっついたと知ってからは、ニマニマと頬が弛《ゆる》んで仕方ないわよ』

『だったらぷに子さん、止めてくださいよ』

『私にどうしろって言うわけ。猫の私に』

カプッと耳を甘噛《あまが》みされて、ぼくはあうっと首を竦《すく》めた。

『ご主人がしょんぼりしてるんです。オーナーさんからお見合い相手の写真を院長に渡してくれと押し付けられて、どうしたらいいのかと悩んでました。あのご主人が頭を抱えて悩んでいるんです！　ぷに子さん、何かご存知じゃないですか？』

『……確か、その女性とは以前も見合い話が持ち上がっていたはずよ。院長の祖父――この病院の先代も乗り気だったと、うちのご主人は言っていたわね。当時は院長も満更でもなかったとか。でも、仕事が忙しくて結局は白紙に戻ったそうだけど。今は、助手がここに居付いて、スタッフも安定しているでしょう？　うちのご主人はここぞとばかりに張り切っていてねえ。こういうお世話が好きな人なのよ』

『院長は、その女性とお見合いをするつもりなんでしょうか』

『さあ？　どうかしら。今日の助手はへらへらと笑っていたけれど、あれは今にも泣きだしそうだったわねえ。シャンプーの手つきも荒れていたし。でもまあ、跡継ぎ問題を考えると結婚は必要でしょうよ。つがいの基本は雄と雌。雄と雄では子が生まれない』

『そんな！　院長は跡継ぎのためにご主人を捨てるんですか？　そんなの、ご主人がかわいそうですよ……』

ぼくは項垂れた。ご主人の気持ちを思うと胸が張り裂けそうに痛い。院長は酷《ひど》い人だ。目を三角にしてむくれると、ぷに子さんがやれやれといったふうに鼻を鳴らした。

『……まったくお子様は思い込みが激しいんだから。本当にかわいそうなのは院長なんじゃないかしらねえ』

ぼくはとぼとぼと入院室に戻った。

カーテンをくぐると、もうそこにご主人の姿はなかった。お仕事に戻ったのだろう。

『おい、豆坊。どうだった？』

友蔵さんが心配そうに訊《き》いてきた。ぼくはふるふると力なく顔を横に振る。『院長はお見合いをするかもしれないです。ぷに子さんも証言してくれました』

『そんなバカな！』

ケージ内のみなさんがざわざわと騒ぎ始めた。

『もし、院長に新しい嫁が来たら――……助手はどうなる？』

友蔵さんの声に、全員がシンと静まり返る。

『やっぱり、ここには居辛くなるよなあ』と、殿丸さんがぼそっと呟《つぶや》いた。

『そうなると、助手はここを出て行ってしまうということ？』

『せっかくいいトリマーが入ったのに……困るわあ、私は助手の腕を買っているのよ』

『いるとうるさいが、いなくなるとここも寂しくなるなあ』

『あいつがいなくなるのか？　だったら、豆坊はどうなる』

みなさんの視線が一斉にぼくを捉《とら》えた。誰かが気遣うように言った。

『豆坊はここの看板犬でしょ？　心配しなくても、院長がここに置いてくれるわよ』

『ぼくは……』

思わず俯《うつむ》き、揃《そろ》えた前肢をじっと睨《にら》み付ける。そして、すっくと顔を上げた。

『ぼくは、ご主人についていきます。ご主人を放ってはおけません。ぼくもご主人と一緒にここを出ます』

『豆坊……お前さん、それで本当にいいのか？』

『そうよ。助手もここを出たらまた無職になるのよ？　確か、まだ借金が残っているという話だったじゃないの。豆坊のゴハン代もバカにならないのよ？』

『そ、それは……』ぼくは覚悟を決めた。『大丈夫です。ぼくなら平気ですよ。ご近所の野良猫さんたちと仲良くなったので、狩りを教えてもらって覚えようと思います。どうせ、一度は捨てられたぼくです。そんなぼくをご主人はとてもよくしてくれました。たとえご主人が院長に捨てられても、今度はぼくがご主人を支えていきます』

『よく言った、豆坊！』

友蔵さんが目を潤ませてアオーンと吼えた。『お前はペットの鑑《かがみ》だ。ここのみんなも、病院にやってくるみんなも、お前と助手のことは決して忘れないからな』

『はい！　ありがとうございます。ぼくもみなさんのことは忘れません。どうかお元気で』

感謝の意を込めてお辞儀をすると、ケージの中からすすり泣くような声が聞こえてきた。

ぼくも目頭が熱くなり、必死に涙をこらえる。しんみりとした空気が流れたその時、診察室側のドアがカチャリと開いた。

入ってきたのは青いスクラブ姿の院長だった。

「あれ？」室内を見渡した院長は顔を顰《しか》めてみせた。「あいつはどこに行ったんだ？　給餌の時間だってのに。おっ、豆福。今日は姿を見ないと思ったらここにいたのか」

背の高い院長が手を伸ばしてくる。

ぼくは咄嗟にぷいっとそっぽを向いてその手から逃げてしまった。院長のことは好きだし、いつもよくしてもらっているけれど、今日は上手《うま》く尻尾《しっぽ》を振れない。

ケージの中から友蔵さんが吼えた。その声を皮切りに、みなさんも口々に院長へ向けて抗議の言葉を投げかける。

「？　何だよ、今日はやけに騒がしいな。そんなに腹が減ったのか？」

見当ハズレなことを言う院長は困り顔だ。こんな時、言葉が通じないのがもどかしい。

そこへ、カーテンがひらりと翻ってご主人が入ってきた。

院長の姿を見て、ご主人が「あ」と足を止めた。ぼくたちも思わず押し黙り、息を飲む。

入院室に気まずい空気が流れた。

「やっと来たか」院長が言った。「こいつらが腹をすかして待ってたぞ」

「え、あ、すみません。ごめんね、みんな。すぐにゴハンを準備するから」

慌てるご主人を、みなさんが『ゴハンなんて食べてる場合じゃない』という目で見つめている。ぼくもあわあわと慌《あわ》てた。気丈に振る舞っているけれど、今のご主人はショックで心がボロボロのはずだ。

院長も手伝って、てきぱきと給餌が行われる。僕の前にも院長がお皿を置いた。そこにご主人がゴハンを入れてくれる。心臓がぎゅっとした。もうすぐこの共同作業が見られなくなると思うと胸が痛む。みなさんも沈痛な面持《おもも》ちで二人を見守っている。

「あの、先生」

給餌を終えて、ご主人が思い切ったように口を開いた。「俺、館林さんから預っているものがあるんです。先生に渡して欲しいって言われて……」

『！』

ぼくたちは揃ってピクッと耳を欹《そばだ》てた。

「館林さん？」と、院長が訊き返した。「ああ、見合い写真だろ？　何回断っても懲《こ》りずに持ってくるんだからなあ」

「でもこの人、本当は先生がお見合いするはずだった女性だって、館林さんに教えてもらいましたよ。以前は仕事が忙しくてそれどころじゃないって断られたけど、今なら俺という優秀なスタッフがいるから、先生も安心して嫁探しが出来るって。館林さんが嬉しそうに言うから、優秀な先生の右腕の俺としては何て答えていいのかわからなかったですし。大先生もこのお見合いには乗り気だったって聞きましたよ。先生もこの女性のことを美人だって褒めていて、満更でもなかったそうじゃないですか」

ご主人がぶすっとした口調で言いながら、長机に置いた封筒を院長に差し出した。受け取った院長が中の写真を確認する。

「……そうだったか？　覚えてない。何せ俺がこっちに来て最初の頃は、毎回のように違う人の写真を見せられてたからな。いちいち覚えてられるかよ」

興味なさそうに写真を封筒に戻して机にポンと置いた。ご主人がじっと院長を見つめた。

「先生、お見合いなんてしませんよね？」

ちらっと振り向いた院長が、不本意だと言わんばかりに眉根《まゆね》を寄せた。

「するわけないだろうが。何だよお前、俺を疑ってたのか。ああ、なるほど。それでさっき廊下ですれ違った時は、様子がおかしかったわけだ。へえ、俺はそんなに信用がないのか」

「ちっ」ご主人が慌てた。「違いますよ！　信用してます。信用してるに決まってるじゃないですか。ねえ、豆福」

『！』

急に話を振られて、ぼくは激しく動揺した。『あわわっ』と、変な声が出てしまう。

「寂しいよなあ、豆福。お前のご主人は俺のことを信用してないんだってさ」

院長がぼくを抱き上げた。

「俺にはおバカで図々しい嫁と、こんなにかわいい子どもがいるのにな」

『――！』

ぼくは思わず尻尾を振っていた。

院長がご主人を捨てるわけがなかったのだ。ご主人も本気で院長を疑っていたわけではない。そうなんだ、二人は相思相愛。心配する必要はどこにもなかったのである。ぼくはちぎれるほど尻尾を振って、それでも嬉《うれ》しさを抑えきれず院長の顔をぺろぺろと舐《な》める。『ごめんね、院長。さっきはそっぽをむいちゃってごめんなさい』

「おっと、急にどうした？　さっきまでは素《そ》っ気《け》無かったのに」

「ずるいですよ、先生ばっかり。豆福、俺のところにもおいで」

ご主人が手を伸ばしてくる。ぼくは尻尾を振りつつ院長からご主人の腕の中に移動した。

院長同様、ぺろぺろとご主人も舐め回す。

「くすぐったいよ、豆福。もうお前はかわいいなあ。豆福は俺と先生の子どももなんだってさ。俺は先生のかわいいお嫁さんだって。ねえ？　照れちゃうねえ」

「……かわいいのは豆福だ。お前はおバカで図々しいんだぞ。都合よく聞き違えるな」

「もう、先生は素直じゃないんだから。豆福もそう思うよな？」

『あんっ！』

ぼくが答えるのと同時に、ご主人の頭を院長がペシッとはたいた。ご主人が「イテッ」と首を竦める。でもニコニコ笑った顔はとても嬉しそうだ。ぼくも嬉しくて仕方ない。

ふいに視線を感じて、ハッと我に返った。並んだケージを見ると、白けた様子のみなさんが揃ってぼくたちにジトッと半眼を向けていた。

『まったく、動物騒がせな人間たちだ』

友蔵さんが呆れたように言い、みなさんも一斉に頷く。ぼくはカアッと顔を熱くして、ペコペコと頭を下げた。『すみませんでした、お騒がせしてしまって。お見合いの話はナシになりました。ぼくの早とちりだったみたいです』

『本当に心配損だよ』『あー、なんだかすごくおなかがすいてきた』『助手も助手よ。この世の終わりみたいな顔をして大袈裟《おおげさ》に騒いでみせるんだもの。びっくりしちゃったわ』『奴はいつだって大袈裟だぞ』『豆坊も助手に似てきたな』『困ったもんだよ、人間って生き物は』

『まあ、何はともあれ』

ちらっと友蔵さんがぼくを見た。

『豆坊と助手がここを出て行くことにならなくてよかった。なあ、豆坊』

『はい！』

ぼくは大きく頷いて、みなさんにお礼を言った。『ありがとうございます。これからもぼくとご主人をよろしくお願いします』

『よし。一安心したところで、メシにしようじゃないか』

友蔵さんの一声で、みなさんが止まっていた食事を再開する。

ぼくもご主人が準備してくれたゴハンをもりもりと食べる。今日のゴハンは特別美味《おい》しく感じられた。

「みんなすごい勢いで食べてる。そんなにおなかが減ってたのか？」

「そうだぞ。お前が来るのが遅いから、さっきまで怒って暴れてたんだ」

「そっか、ごめんな。ほら豆福も、もっとゆっくり食べな。あんまりがっつくと喉に詰まっちゃうよ」

『あわわんっ、かぷっ』

「この食い方、誰かさんそっくりだな」

ご主人と院長がぼくたちを見て幸せそうに笑っている。

くにおか動物病院は今日も平和だ。

あとがき

『暴君ドクターのわんこ愛妻計画』、いかがでしたでしょうか。

今回の主人公はおバカな子です。でも、何事にも一生懸命で意外にも仕事の腕はよく、動物ともすぐに仲良くなってしまう青年。このお話を書いていて、何があってもへこたれず前向きに突き進んでいける人って素晴らしいなと思いました。メンタルが強いって大事！　ちょうどオリンピックイヤーだったこともあり、アスリートの話題を耳にする機会も多かったので、自分の夢に向かって努力し続けることの大変さ、そして凄さを改めて教えてもらった気がします。

それにしても、小学校の文集で書く『将来の夢』って、重要なんですね。

私はもう自分でも何を書いたのかさっぱり覚えていませんが、十二歳で明確な夢があるのって、凄いよなあ……それを実際に叶えちゃうって凄いよなあ……と、凄い、凄いしか言葉が出てきません。自分がこんな感じなので、今回のお話の主人公は、是非小学校の文集には『動物と触れ合う仕事がしたい』ぐらいのことを書いていてほしいなと思います。

この本を出版するにあたり、ご尽力いただいた関係者の方々に心からお礼申し上げます。

イラストを担当してくださった緒田涼歌先生。

かわいいけどおバカな景と、かっこいいのに侍みたいにストイックでちょっと怖い動物のお医者さん、行平をこんなに素敵に描いてくださって感激です。舞台が動物病院なので、豆福をはじめ動物尽くしでしたが、愛らしいもふもふたちにとても癒されました。かわいいカバーにもニヤリ。隅から隅まで動物がいっぱいです。お忙しい中、美麗イラストの数々をどうもありがとうございました。

いつもお世話になっております担当様。兎、猫、間にヒツジを挟んで、今回犬です。犬種は何がいいかなと考えていた時に、二人して頭に浮かんだのは柴犬でした。おバカな主人公の相棒は、やっぱりかしこい子じゃないと……という理由も一致。書いていて、とてもしっくりくる相棒になりました。そして、ありがたいことに口絵にも登場。参考資料として送ってもらった柴犬の写真に和ませてもらいました。毎回、インスピレーションを与えてくれるので感謝しております。これからもどうぞよろしくお願いします。

そして最後になりましたが、この本を手に取ってくださった皆様に心からの感謝を。

少しでも楽しんでもらえたら嬉しいです。

ここまでお付き合いいただき、本当にどうもありがとうございました。

榛名　悠

✦初出　暴君ドクターのわんこ愛妻計画……………書き下ろし
わんこ降って地固まる…………………………書き下ろし
動物会議…………………………………………書き下ろし

榛名 悠先生、緒田涼歌先生へのお便り、本作品に関するご意見、ご感想などは
〒151-0051 東京都渋谷区千駄ヶ谷 4-9-7
幻冬舎コミックス　ルチル文庫「暴君ドクターのわんこ愛妻計画」係まで。

幻冬舎ルチル文庫

暴君ドクターのわんこ愛妻計画

2016年10月20日　第1刷発行

✦著者　榛名 悠　はるな ゆう

✦発行人　石原正康

✦発行元　株式会社 幻冬舎コミックス
〒151-0051 東京都渋谷区千駄ヶ谷 4-9-7
電話 03(5411)6431[編集]

✦発売元　株式会社 幻冬舎
〒151-0051 東京都渋谷区千駄ヶ谷 4-9-7
電話 03(5411)6222[営業]
振替 00120-8-767643

✦印刷・製本所　中央精版印刷株式会社

✦検印廃止

ISBN978-4-344-83837-6　C0193　Printed in Japan